补窗集

张策　著

群众出版社·北京

图书在版编目（CIP）数据

补窗集／张策著．—北京：群众出版社，2022.3

ISBN 978-7-5014-6197-4

Ⅰ.①补…　Ⅱ.①张…　Ⅲ.①散文集—中国—当代　Ⅳ.①I267

中国版本图书馆 CIP 数据核字（2021）第 265803 号

补窗集

张策　著

出版发行：群众出版社

地　　址：北京市丰台区方庄芳星园三区 15 号楼

邮政编码：100078

经　　销：新华书店

印　　刷：天津盛辉印刷有限公司

版　　次：2022 年 3 月第 1 版

印　　次：2022 年 3 月第 1 次

印　　张：9.625

开　　本：880 毫米×1230 毫米　1/32

字　　数：188 千字

书　　号：ISBN 978-7-5014-6197-4

定　　价：39.00 元

网　　址：www.qzcbs.com

电子邮箱：qzcbs@sohu.com

营销中心电话：010-83903991

读者服务部电话（门市）：010-83903257

警官读者俱乐部电话（网购、邮购）：010-83901775

文艺分社电话：010-83901330　　010-83903973

目 录

警界

笔墨

影像

趣谈

评说

背影

代序

文化的自信和自信的文化

张　策

2014 年 3 月 7 日，习近平总书记在参加第十二届全国人大二次会议的贵州代表团审议《政府工作报告》的讨论时，谈到了文化自信。他说："一个国家综合实力最核心的还是文化软实力，这事关精气神的凝聚。我们要坚定理论自信、道路自信、制度自信，最根本的还要加一个文化自信。"

在同年 10 月召开的文艺工作座谈会上，习总书记对中华文化有这样的论述："历史和现实都证明，中华民族有着强大的文化创造力。每到重大历史关头，文化都能感国运之变化、立时代之潮头、发时代之先声，为亿万人民、为伟大祖国鼓与呼。中华文化既坚守本根又不断与时俱进，使中华民族保持了坚定的民族自信和强大的修复能力，培育了共同的情感和价值、共同的理想和精神。"这样的叙述，掷地有声，对中华文化的自信跃然纸上，给予我们极大的鼓舞和启迪。

2016年7月1日，习近平总书记在庆祝中国共产党成立95周年大会上的讲话中，再次论述了文化自信问题。他指出："全党要坚定道路自信、理论自信、制度自信、文化自信。""文化自信，是更基础、更广泛、更深厚的自信。"学习讲话，我们可以看出，总书记对文化自信的思考高屋建瓴，更加成熟，增强中华文化自信，将是我们在实现伟大复兴的中国梦的进程中，一项伟大的斗争实践，也将是我们每一个从事文化工作的人，在学习与实践的过程中，一个方向性的重要指导。

有理论工作者在谈及习总书记讲话内涵时，提出这样一个观点：道路、理论、制度的实践，也将慢慢内化为文化的基因，因此，文化自信是更深层次的民族品格。这实际上也论述了中华文化在悠久的历史传承中的演化过程。沉淀在文化里的，必然是中国人走过的道路，必然是中国人在前进中形成的思想体系，也必然是中国人民自己选择的发展之路。文化的自信，就源于我们对中华民族发展壮大的历史进程的强烈自豪感。今天我们的文化自信，必然是以我们的社会主义政治体系、社会主义国家制度为核心，汲取中华文明史中的精华而形成。文化的自信，是我们对祖国的忠诚和对中国特色社会主义的自信。

文化自信，也包含了吸收借鉴外来文化的意义。美国当代著名心理学家阿尔伯特·班杜拉在论及人的自信时提出两点：一是行为肯定，即对自己的所作所为充满坚定信心；二是经验替换，即不断吸收来自各方面的优秀文化基因，改进和强化自身的认识水平。这样一个理论，也完全可以用来形容民族自信和国家自信。其实，一个民族、一个国家，它的发展繁荣必然不可能是闭关锁国的结果，而是源于充满自信的开放态度。

一种充满自信的文化必然拥有强大而宏伟的影响力。习近平总书记在庆祝中国共产党成立95周年大会上的讲话中，充满豪情地宣布："中国共产党人和中国人民完全有信心为人类对更好社会制度的探索提供中国方案。"这样的气魄，这样的勇气，必然有一种自信的文化为基础，为支撑；必然是中国人民在文化自信的基础上向世界做出的庄严承诺。

自信的文化具有不可估量的强大力量。我们回顾当年的抗日战争，侵略者每占领一地，必施行奴化教育和高压管理，就是企图用文化彻底征服中国。但是，尽管处于逆境，尽管悲观情绪时时出现，尽管付出了巨大牺牲，中国人民最终还是战胜了侵略者，夺取了最后的胜利。这个胜利，是民族的胜利，更是文化的胜利，它充分证明了中华文化的高度自信，能够产生不可战胜的民族力量。

"自信人生二百年，会当水击三千里。"在实现伟大复兴的中国梦的进程中，文化自信最终将是伟大的中华民族腾飞的基础，我国将是一个以文化而自信、而自豪的国家。

视野

人性的善与恶

东西方文化的比较，一直是一门很热的社会学学科。但是这门学科与中国老百姓的生活紧密起来，却是在改革开放之后，特别是在互联网普及的今天。有位中国东北籍男演员，娶了位法国美女为妻。他到法国探望岳父大人时，全家每次吃饭都是相互宴请的，父女之间，谁也不占谁便宜。他不禁感慨：我要是让我爸掏钱请我，他得揍死我。东西方文化的差异，就这样成为我们日常生活中的有机组合，成为一个个有趣的小故事，活灵活现地呈现在我们面前。

但是如果我们深入研究或思考，会发现东西方文化中不仅有差异，也有很多异曲同工之处，甚至在今天的“地球村”里，我们不能不承认很多观念正在悄悄地相互融合。譬如说对人性的善与恶，就有许多值得我们回味的东西。

在西方基督教文化中，大抵认为人是天生有罪的，所以要呼召人们仰望上帝，悔改自己的罪行。而在中华文化的传统里，却认为人的本性是善良的，最直接的表述是《三字经》的第一句话：“人之初，性本善。”其实，研读《圣经》，你会发现，人类在生命的初始阶段似乎也是善良的。上帝造人之后，是因为蛇的诱惑，人类的始祖亚当和夏娃才犯了罪，去偷吃禁果的。所以，在东方与西方之间，对人类自身的认识，也是有着某些相似性的。

受到了诱惑，偷吃了禁果，人性由此而在善良之中掺杂了其他东西。但是，西方人认为，如果你心中没有隐藏着罪的欲望，你会轻易受到诱惑吗？所以，说到底人性还是罪恶的。细想，这话也是有道理的。而我们回过头来再读《三字经》，“人之初，性本善”之后，就是“性相近，习相远。苟不教，性乃迁。教之道，贵以专”。翻译过来，大概是说尽管人性是善良的，但人的性格、成长环境等相差太远，如果不教育，本性也会改变，而教育，贵在专心和坚持。我们细细琢磨，东西方对人性的认识其实是很相近的，简单地说，人的本性非常脆弱，如果没有良好的后天教育，没有优秀文化的滋养，人的堕落其实是很容易的。

最近在媒体上几乎同时看到两个故事，都是运输车辆在高速公路上不慎翻车，货物倾撒在了路面上。前一个故事里，散落满地的是苹果，结果被当地村民一抢而空，货主欲哭无泪。后一个故事里散落的是桃子，结果在民警的指挥下，村民们帮助货主把桃子全部重新装回了车上。这两个结局完全相反的故事告诉我们，在文化滋养和教育的同时，还要有法律的管束。我们其实很难预料，第二个故事里如果没有民警的及时出现，其结局是不是会和第一个故事一样悲惨。

这两个故事还告诉我们一点：人性是复杂的，一个人的善与恶常常在一瞬之间转换。

东方，西方，其实所有人都在漫长的人类发展史中认识到了这一点。所以，任何民族都会重视人的教育，重视文化的作用。2012 年 11 月，中国共产党第十八次全国代表大会，用十二个词汇对社会主义核心价值观做出了明确的概括：富强、民主、文明、和谐；自由、平等、公正、法治；爱国、敬业、诚信、友善。这十二个词汇，既有马克思主义的理论指导，又有中国传统文化的优秀传承，也吸收和借鉴了其他文化形态中的精华。坚持社会主义核心价值观的教育和养成，是当今中国文化发展繁荣的重要内容和任务。

而从个人角度说，自觉培养自己的道德意识、法律意识、文明意识，让自身人性中的善良茁壮起来，是做人的根本。

有句话说“文如其人”，是指知识阶层的文字，大抵是反映得出其内心修养的。我却对此不以为然，因为我见识过若干著名人士，笔下慷慨激昂，为人却低级猥琐。中国也有诸多的成语，是讽刺或揭露这类人的，如“衣冠禽兽”、“沐猴而冠”、“人面兽心”之类。但我认为，这类人中其实有不少应该是挣扎在善与恶之间的，笔下的慷慨其实掩盖的是他们的某种内心纠结与斗争，也为自己时时的堕落蒙上遮羞布。一个内心不够强大的人，在自身性格、周边环境、利益诱惑等的影响下，所思、所想和所为，有时真的能相差十万八千里。

如那位曾高歌“引刀成一快，不负少年头”的汪精卫，一首脍炙人口的诗作最终成了讽刺。

白衬衫、松了的绑绳和规矩

行车在路上，打开收音机听广播，嗲嗲的女主持和嗲嗲的女嘉宾正在讨论服饰搭配问题。在下对这个话题没兴趣，刚要换台，听到女嘉宾说，白衬衫是你衣柜里的百搭，不可没有。可是，白衬衫要是稍稍泛黄了，那就不能要，必须要扔掉的。这话不禁让我一凛，恍然想起“新三年旧三年，缝缝补补又三年”的年代了。

我的小表舅那时正上小学。加入少年先锋队是所有小学生的梦想，如同现在的女神梦想考入哈佛。他的入队申请已经批了，可他没有白衬衫去参加入队典礼，他的母亲、我的姨姥姥也拿不出一分钱为他解决这个难题，因为他们家那时过着所谓“月倒儿”的生活，即这个月开了工资马上全部还账，然后继续借钱过日子。这对于小表舅来说，是世界末日般的黑暗与绝望。幸亏我的姥姥及时驾到，拿出钱来救了急。那时的一件白衬衫，就是这样左右着一个人的命运。

小表舅不满四十岁病逝。我以为，就是源于他在生长发育期没能过上饱足的生活，身体素质过差的缘故。这样辛酸的故事今天说起来如同梦魇，如今的媒体上已经满是热热闹闹、欢欢喜喜的消费狂潮了，白衬衫也已经是随手可扔的东西。

想来也是，如今我的衣柜里也有着各种颜色的衬衫，白衬衫大概也有几件，稍稍泛黄的也有，虽没舍得扔，但也不会再穿，有点儿自欺欺人的意思。时过境迁，桑田沧海，总是感叹当年不免让人觉得迂腐，但我总以为，时时调动一下自己的回忆，也还是必要的。

中国文化是个很复杂的东西，既有勤俭的传统，也有奢侈的历史。春节期间，出游的中国人把日本的马桶盖子抢购一空，给世界留下了一个惊艳和一个尴尬。有人说，这样的富足源于我们的改革开放政策，这话当然千真万确。但我以为，思想的捆绑松开了，才是更深层次的原因。邓小平说，摸着石头过河，这话的深远影响其实我们当时始料未及，尤其是可能的副作用，我们很多时候忽略了，甚至，急迫的我们，常常不摸石头也过河了。中国人欣喜若狂地追逐着时代的发展，从一个极端迅速奔向另一个极端，忽左忽右的老毛病让历史上的许多故事一次次重演。雷锋那双补了又补的袜子，现在已经是笑话，甚至，连雷锋是谁，我们也需要给孩子们补课。

改革开放初期，我们还有一句自我安慰的话流传甚广，即打开门窗，难免飞进一两只苍蝇。这话其实也表现出了当时我们的狭隘和孤陋寡闻。要知道，苍蝇不仅是从外面飞进来的，我们漫长的历史文化中，也蛰伏着数不清的蝇卵，一旦气候适宜，孵化出的苍蝇并不比飞进来的少。

例如，今天党中央一再要求狠刹的奢靡之风。

文化的力量是强大的，不管它是先进文化，还是落后文化。

广播电台讨论服饰搭配，无可厚非，但不经意间流露出的东西，应该让我们警惕。现在这种不经意太多了，如一则售房广告，也是电台播出的，反复强调“有暖男服务”。我就想不明白，买房子和暖男的服务必然关系在哪儿？其中的暧昧挑逗不言自明，这种彻底松开绑绳百无禁忌带来的是什么，也不言自明了吧。

最近，习近平总书记反复强调讲规矩。这好像是一个新的提法，其实不然。中国人早有“没有规矩，不成方圆”的古训，也是中国文化的深刻内涵，只可惜这些年我们不大讲了。浮躁的当代中国人，只顾着去抢日本马桶盖，去给自己的政绩搞面子工程，去把文化市场变成金钱的角逐之地。2015 年的春节，流行的是抢红包，有评论很欣喜地说，中国人的年味儿更浓了，其实，说穿了，不过是钱味儿更浓了。在全民的欢天喜地中，讲规矩的重要，确实应该多多提及。甚至应该理直气壮地讲，有些绑绳，我们还是松不得的。

我当然不是反对抢红包，也不是反对讲究服饰搭配，更不希望自己今天还穿带补丁的衣服。我只希望，中华民族优良传统中的规矩，今天更加发扬光大。要知道，这是中国人在世界上能够更加站立得稳的前提。

从口无遮拦所想到的

网络就是娱乐圈，一波未平一波又起，纷纷扬扬真真假假，让瞧热闹的看客们目不暇接。网络又是是非场，最不缺的就是口无遮拦的“大嘴巴”，常常是东拉西扯，云山雾罩，指东打西，闹得甚嚣尘上，却谁也不负责任。每每留下些怪怪的余音，袅袅地绕着梁，也颇值得我们回味。

很多八卦的是非曲直，其实也不难分辨。但发言者众，却就事论事者多，且多带火气，难免就夹枪带棒，有隔靴搔痒之感。倘若我们从文化的角度去分析“大嘴巴”们的所作所为，也许便会有一些新的认识。而我以为，当今社会发生的许多怪事，特别是网络上的口无遮拦，恰恰表现出的是某种文化堕落的迹象，不容我们不重视。

中国是礼仪之邦，中华传统文化中很重要的一个内容就是重礼仪，礼仪涉及中国人生活的方方面面，已经形成中国人的一种精神内涵。仅说饭局，自古至今就留下了多少佳话。乾隆五十年（1785 年），四海承平，天下富足，乾隆皇帝设千叟宴，与千名老人共庆国泰民安。这是中国历史上一个著名的饭局。据说到场最年长者已是141岁高龄，乾隆大悦，还为之撰联："花甲重开，外加三七岁月；古稀双庆，内多一个春秋"，遂传为佳话。这故事也许是传说，但其中的尊老敬贤之义，却是中华民族的美德。乾隆的这餐饭，因此流芳千古。而我们现在在网上看到的许多饭局，与此相比，则是云泥之判了。饭局现在就是个谎言和黄段子的集散地，酒酣耳热之时，众目睽睽之下，什么骇人听闻的都敢往外说，真的是有辱斯文，数典忘祖。

也许有些人本就是不屑于中国这些老传统老规矩的。这也难怪，自当年"五四"新文化运动兴起之时，就伴随着某些激进者对中华传统文化的全盘否定。孰是孰非，一直论战不休。至"文化大革命"，则极"左"思潮盛行，中华传统文化遭受到了前所未有的破坏。往事不堪回首，留下的疤痕却是每逢风雨都要隐隐作痛的。到了价值观多元化的今天，一些人的口无遮拦，也就不奇怪。思想道德上的堤坝垮了，嘴也就是垃圾桶。由此而言，警惕和防止文化的堕落与崩溃，则应该是我们每一个中华儿女的重大责任。不要以为文化仅仅是文化，文化也是政治，而且是更高的政治。而狭义上的所谓政治，不过是文化的某种表象。任何政治斗争，其实都是文化的斗争，最终刺刀见红的，还是文化形态的博弈。貌似没什么的"大嘴巴"，其实反映出的是某些人灵魂上的礼崩乐坏。

从这个意义上说，文化是政治体制的重要基础，是一个国家、一个民族道德、法治、精神的根基。深厚的中华文化积淀，给我们留下了许多宝贵的规矩，如同周朝的列鼎，天子九鼎，以下依次递减，不可僭越。由此还留下了“定鼎中原”的成语。还说饭局，尊者坐在首位，其他依次而降，这也是规矩，可现在某些口无遮拦的家伙实在不讲规矩了，甚至坐在首位者也有为长不尊的主儿，把什么场合都当作自家的茅厕一样乱喷，实在也只能用“堕落”来形容。有人可能会狡辩说，你那都是封建意识了，现在是讲人权讲自由的时代。这话好像也有点儿道理，但也不值一驳，因为谁都知道，白宫始终是只能美国总统住，你非要卷铺盖搬进去，人权也一样没的讲。美国文化还被人称为“枪文化”，胆敢闯白宫的主儿，恐怕要挨一枪。

现在有许多有识之士，也对此问题发表自己的见解。我印象深刻的有这样一个说法：中国人讲“厚德载物”，但如果“物”重了而“德”不够，恐怕“物”也就载不起来了。这话意味深长，愿与所有人共享。

顺便说一句，其实如果“大嘴巴”们没有了市场，恐怕也是会乖乖闭嘴的。就怕他周围的人并不把恶心当恶心，却是当了某种美味佳肴，自己解馋了不够，还要帮着招摇。如此说，这些人的堕落，可与口无遮拦者画等号，因为他们是在助纣为虐。

警惕文化的断层

传媒大学毕业的两个学生，在人们眼中，无疑是优秀的男孩女孩。但前不久，男孩把女孩杀了，理由是“心里不舒服，想找个普通人发泄一下”。事情暴露，舆论哗然。有人就此分析说，当今在走进大学校门的年轻人中，有近百分之二十的人有焦躁、抑郁、空虚的症状，而这个数字到了大学毕业的时候，则会上升到百分之四十左右。分析人士呼吁，学生的心理健康亟待关注。

这种分析当然没错。但是，应该说只停留在了一个浅层面上，并没有更深入地去探寻根源。也许，另外一个例子更能说明问题。一位某公安院校的教授，长时间研究公安影视文化，并在学校里为学生开设了公安影视的选修课。最近，这位教授告诉我，他的选修课停了。问为什么，他落寞地回答：“很多学生连《今天我休息》这部片子都没看过了，课怎么讲呢?”

人是需要精神充实的，而充实的精神需要滋养。人感到空虚而焦躁，只能说明他的精神饥饿。滋养精神者，文化也。不能否认，在今天的浮躁社会里，我们的下一代，正面临着精神饥荒。

在没有看过《今天我休息》的学生看来，为人民服务这种崇高的道德理念自然显得空洞。在闲得发慌而去寻求杀人刺激的男孩那里，连最基本的对生命的尊重都已荡然无存。文化的传承在此出现了可怕的断层，优秀的文化传统在削弱，在丑化，在消失。就连那煞有介事的心理分析，其实也反映出了文化内涵的严重不足，隔靴搔痒式的心理治疗，是对症下药，还是掩耳盗铃？

中华文明有着悠久的历史。而且，有历史学者认为，在世界四大古代文明之中，唯有中华文明绵延至今，从未有过断裂和遗失。习近平总书记在谈到社会主义核心价值观时曾经说过，中华文明绵延数千年，有其独特的价值体系。我们提倡和弘扬社会主义核心价值观，必须从中汲取丰富营养，否则就不会有生命力和影响力。习总书记的话，已经把中华文明的延续提升到了一个新的认识高度。

我们今天仍在遵循的诸多原则，在中华民族的史书里都能找到根源。仅举人们耳熟能详的“二十四孝”为例：《全相二十四孝诗选集》，据称为元代郭居敬编录，二十四个故事主人公却是从春秋至宋，遍布各朝各代，其中《孝感动天》里的虞舜，竟是上古的传说人物。而“二十四孝”的故事文本，最早见于敦煌藏经洞发现的《二十四孝押座文》。在南宋，有《二十四孝书画合璧》图；在元朝，有《孝子传》；在清代，有吴正修编写的《二十四孝鼓词》，等等。孝敬父母长辈这一行为准则，就这样在中华民族的图谱中延续成了一种DNA，至今在我们的血液中流淌。

这样的文明延续，是中国人的荣幸，也是中国人的骄傲。在历史长河中，中国人独特的价值体系和文化观念，维护了这个民族的尊严，也保证了民族的团结和进步。也正因如此，在今天我们强调文化的传承发展，便显得尤为重要。文化的割裂，文化的迷失，是民族的危险，更是民族的悲哀。

当然，任何文化的传承中也有精华与糟粕并存的现象。还说“二十四孝”的故事，鲁迅先生在《朝花夕拾·二十四孝图》中就专门进行了批判，斥责其中《郭巨埋儿》、《老莱娱亲》等故事是“以不情为伦记，诬蔑了古人，教坏了后人”。作为新文化运动的旗手，鲁迅先生的话语当然让我们警醒。但从文化角度而言，不能了解就不能认识，不能认识就不能批判，不能批判就不能继承和发展。2011年，有关部门曾评选出“当代新二十四孝”。2012年，全国妇联老龄工作协调办、全国老龄办等单位又推出了新版“二十四孝”行动标准。也许不尽完善，但从文化传承和发展的角度说，此举是值得称赞的。

在这里说“二十四孝”，只是以小见大、以管窥豹而已。中华文化博大精深，当不仅仅是“二十四孝”所能代表或涵盖。而警惕文化断层，维护文化传承，于我们这一代人来说，已经不是危言耸听，而是迫在眉睫的重任。也许，还为时不晚，就让我们从请每一位公安院校的学子，都去看一场《今天我休息》开始吧。

我们在创造文化

查《现代汉语词典》，“文化”一词的定义是“人类在社会历史发展过程中所创造的物质财富和精神财富的总和，特指精神财富，如文学、艺术、教育、科学等”。说起来，这段话大多数人很熟悉，因为文化现在是个时髦的东西，人人在说的。当然，是隔靴搔痒还是声东击西，是拉大旗做虎皮，还是顾左右而言他，不好一一评论。也许，人们记住的，只是文化是一种财富而已，趋之若鹜者的目的，实是不好明说。而前几天，有位文化圈里的朋友，在酒桌上豪爽地说：“我们在创造文化”，当时，掌声雷动。

开始以为朋友也是赶时髦而已，但细想想，我们在创造文化，这话真没错。追本溯源，文化就是人创造的，词典上的定义是这样说，事实当然更是如此。而且，更准确地讲，文化其实是普通劳动人民创造的。《诗经·魏风》中的《伐檀》，已经是脍炙人口的名篇，几乎人人都能背几句：“坎坎伐檀兮，宜之河之干兮，河水清且涟漪”。据说，关于这首诗的内容解释，始终有争议，但所有人都认同一点，那就是这首诗其实就是古人砍树时的劳动号子。有人还认真地从节奏上进行了分析比较，说是和“文化大革命”中黑龙江的知青们伐树的节奏丝毫不差。铁证如山，文化就是我们创造的，甚至是在我们的无意识中创造的。

但今天说这个话，总感觉不那么单纯。文化现在掺杂了太多的东西，创造文化的概念里总像是有些杂音。如微博和微信吧，不能不承认是当下的文化现象，也不能不承认是一种新的创造，但我们好像总能在这种文化背后隐约听到运营商的数钱声，窥见他们的贪婪笑脸。当然，按照文化的基本定义，物质财富也是文化的一部分。如果学过辩证唯物主义和历史唯物主义的观点，我们还会知道，上层建筑和经济基础是会相互作用的，物质的发展确定无疑地会对文化的繁荣起到促进作用。在这里我们只是想强调，今天我们应该警惕的，是我们所谓创造文化的目的大多已不纯洁，许多人的创造不是为了文化本身的发展，而是搭着文化这辆车，走着他们追逐物质财富的道路。

举例说，现在拍一部电影，先要算的是未来的票房，而不是它的社会效益。为了这个票房的预算标准，搭配什么样的演员，启用什么样的导演，忽悠什么样的投资，真的是锱铢必较。在这样的前提下，文化屈服于娱乐，崇高屈服于低俗，我们常常在创造着的，其实已经不是文化，而是文化垃圾。

有创造文化的主观意识，当然不是件坏事。在为民族伟大复兴的中国梦而奋斗的今天，创造新形态的文化，是当代中国人的一种责任。最近读了一篇文章，作者提出了一个有意思的现象，说是在1994年前后，美国好莱坞出了一批诸如《阿甘正传》、《燃情岁月》、《肖申克的救赎》等好电影。然后，作者感慨道：现在的好莱坞，越来越多地依靠特技，越来越多地炫耀大场面，像那种触及人性的好片子也不多了。读罢此文，我的感受是，即便如此，美国人仍然在坚持他们的主流价值观，不论是打怪兽还是打外星人，最后胜利永远属于他们的英雄。而我们的文化创造，却有许多是在放弃传统美德的基础上，上演着东施效颦的闹剧。而其中的危险，都被经济效益掩盖着，媒体上每天欢呼雀跃的，总是某某影片的票房破了多少多少亿，连正常的文艺批评，我们如今也已鲜见。

所以，朋友关于“创造文化”的豪言壮语，我是赞成的。国家在进步，民族在前进，文化需要不断创新发展。但是，我也忍不住要泼点儿冷水，希望大家在创造文化的同时保持冷静。一个国家，一个民族，没有自己创造出的先进文化，确实是没有前途的。而假如创造出的所谓文化只不过是拾人牙慧的过时货，甚至是自己给自己酿的苦酒，那将给中华民族造成永远的伤害。

中国人的信仰文化

有朋友送了一副橄榄核手串给我，是常见的佛教题材十八罗汉，雕刻很精美。在手里摩挲许久，忽然想，罗汉也该算是神仙吧，反正寺庙里是有供奉的，此刻，雕成玩物，供我们凡人天天把玩，一张张或严肃或慈祥的小脸儿被揉得油光光的，是不是有点儿不敬？

有理论家认为，宗教是文化的最高层次。但在现实中，中国人对神佛似乎都不大尊重。这俨然也成了一种文化。改革开放初期，海外的种种思潮涌进来，我们第一次读到了台湾作家柏杨的《丑陋的中国人》，对他把中国文化比喻为“酱缸”深感震惊。那时的我们仍习惯着非黑即白的思维方式，“文化大革命”的极“左”思潮刚刚退去，我们正为归来的传统文化而痴迷，很有点儿接受不了柏杨的尖锐。但静下心来思考，似乎从那时起，我们开始真正重新审视我们的悠久文化。时至今日，我们似乎越来越发现，中国人对信仰从骨子里有着一种实用主义的态度。

有位朋友，就属于逢庙必拜的典型。从普陀山的观音，到五台山的五爷，乃至北京妙峰山玉皇顶的老娘娘，只要足迹到处，香火必然到了，而且虔诚有加。细问下来，乃因高堂老母有恙。此君的孝心令我感动，也敬佩不已，但纳闷的是他到底信谁？有一回终于忍不住问了，他想想说：谁灵就信谁吧。

这就有点儿让人啼笑皆非了。

中国文化博大精深。但深虽深，大也大，自然也就杂芜起来，泥沙俱下成为一种必然。中国又是个多灾多难的国家，历史上动荡的时候多，太平盛世少，对未来不可知的恐惧和对自身生存的不确定感，似乎注定了中国人喜爱求神拜佛，在信仰中寄托一点点的希望。这种希望确实往往很实际，体现着中国人的生存艰难。今年的丰收，来年的温饱，父母的安康，孩子的成长……久而久之，神佛成了心灵的遥控器，似乎按一按，就会在大脑里有了慰藉自己的图像，满足感油然而生，而遥控器也就放到一边了，有需要再用。时至今日，金钱成了许多人追逐的唯一目标，信仰也就随之堕落，人人恨不得前脚在庙里烧了香，出了门就想捡到只金元宝。

这样看来，中国人的实用主义似乎是有些道理的，起码，有它的历史缘由。但这种“临时抱佛脚”的敬拜方式，实在是遗患无穷。尽管宗教是信仰的极致，但信仰并不仅仅限于宗教。对道德的尊重，对传统的继承，对规定的恪守，对法律的遵循，都需要一种信仰的力量。不信，或时信时不信，或利己就信，不利己就不信，一切崇高终将被弃为草芥，最后，坍塌的就是中国人的精神家园了。

这不是危言耸听。常在香港电影里看到黑社会头目在庙里一本正经地烧香拜佛，不禁哑然失笑，觉得佛若有知，真的也该避之不及了。可这故事现在已经变为现实，据报载，有若干的贪官是迷信神佛的。求佛祖保佑自己的胡作非为，也算是实用到家了。

话说回来，贪官若是自知羞愧，不敢进庙门，那也算尚有良知，起码还心存敬畏。但真若如此的话，我相信他也不会去明目张胆地贪污腐败了。一个人若还能畏惧些什么，大抵是有救的。

回过头再读柏杨的《丑陋的中国人》，真的感觉我们的文化在某种意义上是需要改造和革新的。“酱缸”的比喻不能说不贴切，身处其中，抵御和抗争，也是人生一大课题。否则若是随波逐流，所有人最终就都是腌菜了。我在一个文学座谈会上说过一句话：不管多忙，要在自己心底留一片文学的天空。现在想想，这话应该这样说：不管多纷杂，要在自己心底留一片信仰的天空。这片天空，尽管可能极小，却应该是最洁净的。

据说那个亦鬼亦神的林彪，曾经对宗教信仰下过一个极其简洁明了、令人拍案叫绝的论断：佛教是修，基督教是信。这人到底还是有见识的。

文化的浮躁与自高自大

最近在微信圈里看到一则有趣的信息，标题很唬人，叫作：“拍黄瓜走向世界”。信息内容大意是说，在西方的许多餐馆里，现在也有了中国凉菜拍黄瓜了，发信息者为此欢欣鼓舞。但是，跟帖者却大多持反对态度，有人纠正说：其实走向世界的只是“拍”，因为人家拌黄瓜仍然用的是沙拉油，而不是我们的老北京芝麻酱和蒜末儿。

这则趣闻其实以小见大，让我们窥见的是部分国人的一种文化浮躁，和由这种浮躁而产生的盲目自高自大。

中国人受欺辱的时间太久，一部中华文明史几乎伴随的就是中国人民的血泪史。时至今日，我们终于可以扬眉吐气了，终于可以在世界面前挺起腰杆了，民族的骄傲当然可以理解。但如果我们今天的尊严靠的是这种“拍黄瓜”式的自我陶醉，恐怕应该说，在精神上，在文化上，我们仍然矮人一头。

这种让人哭笑不得的事例还有很多。如在国外旅游时的那种旁若无人的喧哗，如在网络上用恶毒语言对别的国家的无端谩骂，等等。在中国文学宝库中，形容这种小儿乍富状态最生动的，该数鲁迅先生笔下的阿 Q。我们一般都记得这位阿 Q 君的“精神胜利法”，但我们大概都淡忘了他那段对革命成功之后的“畅想”：“……直走进去打开箱子来：元宝、洋钱、洋纱衫，……秀才娘子的一张宁式床先搬到土谷祠，此外便摆了钱家的桌椅，——或者就用赵家的也罢。自己是不动手的了，叫小 D 来搬，要搬得快，搬得不快打嘴巴。……赵司晨的妹子太丑。邹七嫂的女儿过几年再说。假洋鬼子的老婆会和没有辫子的男人睡觉，吓，不是好东西！秀才的老婆是眼胞上有疤的。……吴妈长久不见了，不知道在哪里，——可惜脚太大。”在相当一部分国人的思想深处，胜者王侯败者贼寇，千年媳妇熬成婆之后就是折磨下一代小媳妇的开始，而且是变本加厉。这种思维方式，暴露的是中国文化中阴暗的一面。

其实这种阴暗，并不能代表真正的中华文明，历来也为中华民族的主流所唾弃。老北京人讲到当年李自成攻进北京，总喜欢说他“当了八十一天的皇帝，吃了八十一天的饺子”，语气里满是轻蔑。可惜的是，在价值观多元化的今天，许多人的是非观模糊起来，思想空虚，信仰动摇，思想上的矮子必然造就出行动上的“巨人”，目空一切、虚张声势成了一些人的自我安慰和自我镇静，而道德意识上的崩溃，更让这种盲目的自高自大变得可恶可憎。

值得警惕的是，现今社会，自我吹嘘已经成了人们司空见惯的事情。打开微信圈，晒幸福，晒甜蜜，晒财富……这种自我陶醉于个人来说，也许还算励志，但放大到集体甚至国家层面，就是“拍黄瓜”的悲剧。

不要以为这是小事。中国现在是强大了，但我们还有很长的路要走，中华民族伟大复兴的中国梦，仍然需要我们在世界面前虚怀若谷，自强不息，需要我们每一个中国人在祖国强大的同时，展现出与之相配的胸襟和智慧。正像我们在庆祝抗战胜利七十周年时的阅兵，绝不是炫耀武力，而是呼吁和平。

刚刚在媒体上看到一则消息，一群同胞在泰国某机场高唱国歌，而原因仅仅是因为飞机延误而表示抗议。几乎所有人都在网络上表示了对这种行为的批评。这的确是一种愚蠢的行为。请几位同胞冷静下来想一想，和当年高唱《义勇军进行曲》走上战场的英烈相比较，你们的表演是不是亵渎了这首伟大而神圣的歌曲？

很多时候个人的行为举止，代表着国家的形象和国家的文化。

文化与文明的关系

我的微信朋友圈里大多是做文化工作的朋友，因此就文化的话题展开讨论甚至争论，是很平常也很有意思的事情。近日，就一段所谓文化的“四句话定义”，大家又热烈地讨论了一回，不禁让我有了些不成熟的想法。

这四句话是很多人认可的，大意是：1. 根植于内心的修养；2. 无须提醒的自觉；3. 以约束为前提的自由；4. 为别人着想的善良。

这四句话出自何处，我没有考证。我只是觉得，这几句话与其说是文化的定义，不如说是文明的定义。

文化和文明，是两个在很大程度上相似甚至相融合的概念。它们都有广义和狭义之分。在广义的文化概念中，包含了狭义的文明；在广义的文明中，也同样包含着狭义的文化。这话说着有些拗口，像绕口令，但如果让我们举例说明的话，其实是很好理解的。在中华文化中，当然包括了文明程度的要求。而说到中华文明，其中自然也少不了文化的内涵。这样的宏大题目，是多少篇论文也未必说得清的，我们这里只从狭义的文化与文明角度来评论这四句话，那么我们就不难理解，这里其实更重要的，是对一个人个体的文明要求。

这四句话之所以受欢迎，其实也恰恰是因为它是针对每个人的文明程度而言的，容易引起共鸣。就一个人来说，文化和文明的差别会很明显。我有一位在基层工作的警察朋友，他就说过：在处理纠纷或者上访事件时，常常会发现有文化的人比农村乡亲不讲理。这话是否偏激，暂且不论，但有文化而不文明者，在我们的生活中确实比比皆是。更有极端者，出于妒忌或其他，堂堂博士会给室友下毒。这样令人齿冷的事情，是文化与文明关系的一个难堪注脚。

在中国文化中，其实这一直是个难堪的现象，仿佛越是有文化的人，行为举止就越不文明。魏晋时期，名士便以怪癖为美，“扪虱而谈”、“天地为屋”遂成佳话。那个以常醉不醒著称的刘伶，一句“我以天地为栋宇，屋室为裈衣，请君何以入我裈中”，竟成了千古名言，流传至今。抗战时期的西南联大，在艰苦卓绝中培养了诸多文化精英，却也不乏稀奇古怪的“趣闻”。这一点，汪曾祺先生的小说里多有反映，有兴趣的朋友可找来一读。甚至大名鼎鼎的鲁迅先生，在厦门执教时给许广平写信，也披露了自己这样的举止：“但到天暗，我便不到草地上走，连夜间小解也不下楼去了，就用瓷的唾壶装着，看夜半无人时，即从窗口泼下去。”先生对此，也自嘲道：“近于无赖。”

其实公平地讲，文化名人多思想深邃，事业有成，于平常事上则每每不拘小节，也无可厚非，甚至真的会是一段佳话。

还有一些名人的癫狂，源于所处时代政治的黑暗和自身境际的困苦。如大画家朱耷，朱氏王朝的覆灭，使他的一切价值和权力化作“粉碎虚空”，他先是出家，后又还俗，哭哭笑笑，癫癫狂狂，笔下的鸟都翻着白眼。这样的情节，当然便是一幕悲剧。

据说鲁迅先生对魏晋时期的狂狷之士，是执宽容态度的，认为是真性情的流露。而在中国社会，也一直有“宁为狂狷不为乡愿”之说。但时至今日之现代文明社会，如此有文化少文明的风流之举，恐怕很值得商榷了。

社会在发展，文明在进步，这恐怕是谁也不能否认，也否认不了的事实。但如果我们仍一味欣赏着魏晋的遗风，在个人文化程度不断提升的同时而文明程度相对滞后，甚至放松这方面的教育和要求，那么面对着价值观的多元化，面对着世界文化和文明的交融，我们所谓的道德底线将很容易被突破，校园暴力、博士下毒、院士作假、践踏着烈士塑像拍照……中国人如果总以如此丑陋告白天下，那只能是我们这个民族的悲哀。

从这个角度讲，微信朋友圈里流传的“四句话定义”是非常有意义的，对我们每一个人，特别是所谓文化人来说，都应是一段座右铭。更深刻地讲，它也真的不仅仅是对个人而言的，如果我们每个人都如此要求自己，中华文明将永远屹立于世界民族之林。

商业能否成为文化的翅膀

就现代社会而言，文化和商业其实是密不可分的。这话猛然听起来有点儿怪，但细想想，难道文化不是常常以商品的形式在销售着推广着传播着吗？而文化的元素，不也往往是给商业运行中添加的那一脉温情吗？

以书店为例，特别是隐藏在街头巷尾的那些有特色的小书店。我们想到它们、提到它们时，每每说起的，总是温暖的灯光和淡淡的书香，是窗台上那一本很少见的好书，或者是那个敦厚的老板和微笑着的老板娘。我们总是想不到，由于商业利润的微薄，这一家家小书店其实已经难以为继。

现实就是这样残酷。文化似乎已经被商业左右，被金钱窒息，被追逐利益的原则所异化。各种图书展上令人眼花缭乱的所谓“出版繁荣”，掩盖不了书店越来越少的社会现状。而更让我们哭笑不得的是，书店的一家家倒闭，也没能阻止图书展的年年举办，而且越办越大。装帧精美的书籍像一个个盛装的演员，在图书展上粉墨登场，然后谢幕归宁。这真的好像是一种悖论，恰恰反映了文化和商业的纠结。

这当然是值得我们警惕的事情。但是，难道商业和文化就是命中注定的死敌？它们彼此只能是水火不容？其实也不尽然。最明显的例子就是好莱坞的那些大片，所谓美国精神被诠释得淋漓尽致，也没妨碍美国佬大把大把地赚银子。商业其实可以是文化的翅膀，搞得好，它就能助推文化的腾飞，也能是一种价值观的普及和一种政治取向的宣传。而在历史上，这样的例子也比比皆是。

1933 年 5 月 14 日，著名左翼作家丁玲被国民党特务秘密逮捕，而当局矢口否认与此事有关。一时间，丁玲的“失踪”成为轰动的社会事件。当时，有两家出版商抓住这个机会，突击出版丁玲著作，创造了当时出版界的奇迹。上海现代书局是把丁玲的七篇小说收成一集，以《夜会》为名于 6 月 1 日出版，距丁玲被捕仅半个月。上海良友图书印刷股份有限公司则是把丁玲一部未完成的长篇小说《母亲》突击印刷出版，并且大规模宣传。6 月 27 日，此书上市，之后在六个月内印行三版，共 8000 册。这个印数即使在今天，也是不错的成绩了。

商业常常要讲抓住机会，这两家出版商嗅觉灵敏，动作迅速，获得了相当丰厚的利润，而客观上也推广了丁玲的作品，提升了作家的知名度。更重要的是，据有人透露，《母亲》的出版，鲁迅先生是幕后推手，他老人家的目的则是和国民党反动派抗争。这消息不管准确与否，都反映出了当时左翼文学界和国民党当局的尖锐对峙。

不管怎么说，在这场成功的商业运作中，最大的赢家应该是丁玲和她的作品。在1933年这一年内，有关丁玲的书籍共出版了四种。用一篇评论文章的话说："作为关键词的'丁玲'，在一个作者实际并不'在场'的文学生产领域中，却达到了前所未有的增长。"

这也许算一个个案，因为整个事件中掺杂着众多因素：对国民党当局的不满，对"丁玲事件"的好奇，有识者的推波助澜，作家自身的创作功力……但整个操作方式是纯商业化的，诸多推广手段到今天仍然值得商家借鉴。例如，《母亲》其实在丁玲出事前已经答应由良友公司出版，并已经把完成的部分书稿交给了公司。公司别出心裁，用100张白纸让丁玲签了名。书印刷的时候，把签了名的白纸裱在扉页上，这就成了100本作者签名本。这100本书，在上市的一小时内即已售罄。这一奇招，现在恐怕少有人使用。

总而言之，商业和文化不是仇敌，而在于我们如何认识并且利用。如果还是讲"文化搭台经济唱戏"，恐怕我们连当年的书商都不如。文化不是给商业贴上的那一层金箔，文化应该是商业的精神内涵，而商业，应该是文化的翅膀。

要尊重我们的文字

最近在某杂志上翻到一篇文章，标题实在让我迷惑：《牛剑之行》。好奇心起，猜了半晌，却仍不得其解。只好向作者“投降”，去拜读他的大作，方知他写的是一篇到英国剑桥大学和牛津大学参观的感受，勉强算得上是篇游记。不禁哑然失笑，很佩服作者把牛津和剑桥合并起来简称为“牛剑”的丰富想象力。

不禁想起李金斗先生的一段相声，就叫《简化语》，说的是一家招待所服务员用简化语招呼客人的故事。其中有这样的片段：“上吊的往里走!”“上吊的?!”“对，上海吊车厂的。”“自杀的上楼!”“自杀的?!”“对，自贡市杀虫剂厂的。”……客人们都吓跑了，只剩下个笑呵呵的老头儿说：“我等着她叫我三叔呢。”原来老人家是第三输变电器厂的。

原想相声是生活的夸张，不想现实里居然有了“牛剑”的真实故事。笑过之后，是严肃的思考，我们的文字，现在真的需要尊重。

古代人对文字是极其尊重的。写过字的纸张，不能随便丢弃，更不能想象用去擦屁股。专门设置有焚纸炉，上书“敬惜字纸”，写了字的纸张要恭恭敬敬地烧掉。现在我们当然不会这样迂腐，但在对待文字上，我们应该学习先贤对文字的那种尊重，特别不能在世界沟通渠道畅通、网络语言大行其道的今天，对我们的中华文字执一种玩世不恭的态度。

文字是文化的重要符号，是一个民族发展进步的记录手段和重要内涵。文字当然需要随着时代的变化而发展，不断地丰富和改变。新版《现代汉语词典》就收录了不少新的文字和语言，包括网络上的流行语言。但这是一个严肃的过程，它的严肃性有自然形成的一面，不断地有出现，也不断地有淘汰；也有人们把握掌控的一面，特别是我们不能任由文字被污染、被扭曲，被莫名其妙地异化。

举个很小的例子。现在网络语中常常用到“方”，据说是指“慌张”。这便让人有些不明白。“方”和“慌张”，从字义上、字形上，甚至从细微的情感联系上，都谬之千里，只是从语音上勉强算是谐音。这样的变化，显然过于随意，是对文字、对语言的不够尊重。类似的例子还有“酱紫”，是“这样子”的谐音，好像来自宝岛台湾民众那糯糯的口音。相比较而言，年轻人现在常常用到的那个“萌”，就好得多，因为查《现代汉语词典》，“萌”本身就是指萌芽，“比喻新生的未长成的事物”，今天用来形容人或动物的幼稚状态，准确而生动。

类似“方”这样的词汇，终究会被淘汰，缘于它的随意性。而随意地编造、随意地简化、随意地改变语言结构，都是对文字的破坏，是我们要警惕的事情。像“牛剑”这样的荒谬简化，堂而皇之地出现在正规刊物上，作者有责任，编辑也有责任，保持中华文化的严肃性，是我们每一个文化工作者的职责。

最近常常在微信朋友圈里看到关于书籍报刊出错的消息。有的错误简直匪夷所思，让人不相信自己的眼睛。我以为，这些错误的发生更多的是因为我们对文字越来越不尊重，我们的意识在满天飞的各种网络语言中变得越来越混乱，因此在工作中的责任意识越来越淡薄。前不久在一部散文集的编辑过程中，有位老编辑敏锐地在字里行间发现这样一个表述：“一位流氓”，他慎重地把“位”改成了“个”。这样的严谨，是一个编辑责任心的体现，更是一“位”（我没有在这里用“个”）文化工作者对文字的尊重。

还是那句话，有生命力的文字当然要发展、要丰富，在中华文化走向世界的进程中，这种发展和丰富就会更迅速，更有活力，也更需要我们慎之又慎。像“牛剑”这样啼笑皆非的事儿，还是让它保留在相声里吧。

警惕戾气的滋生

在我们的社会里，有一种戾气正在蔓延。

查《现代汉语词典》中“戾”的解释，一是罪过，二是乖张，常用的词汇如“暴戾”、“乖戾”。想来“戾气”一词，是在日常用语中引申而来，指一个个体或一个群体，发散出的那种乖张之气，施行出的那种暴戾或乖戾的举动。总之，是一种莫名其妙的、以攻击别人造成伤害而发泄情绪的嚣张。

因为在路上开斗气车，一位男子把另一位女司机拉下车来暴打了一顿，造成女子重伤。因为医生接诊慢了，两名男子用拳头把接诊医生活活打死。因为在公交车上争座位，一位老人把戴红领巾的小学生骂得大哭……如此行为，大概只能用戾气发作来形容。更有甚者，在以不负责任为特征的网络上，一旦出现个难辨真假的帖子，就会引来群殴，什么肮脏恶毒的话都说得出来，什么子虚乌有的事都编得下去。翻翻那些跟帖，会发现大多数人的兴趣显然并不在事件本身，甚至根本不想搞清事件的来龙去脉，他们只是在没头没脑地发泄着自己的那一股戾气。

这应该是很值得我们警惕的事情，因为戾气伤害的是整个社会的良好氛围。

有人说，这是社会不公平带来的现象。但是戾气的发散就能够改变不公平的现状吗？任何不公平，都要靠我们完善法治建设、提高管理水平、加强廉政建设去解决，从没听说过哪种不公平的改变是靠拳头打出来的。

也有人说，这是生存压力大造成的反应。但是戾气的滋生蔓延只能让人的情绪持续恶劣下去，进而感觉压力更大，甚至给自己带来悔恨终生的后果。舒缓压力有诸多正规渠道和科学方法，但绝不能是不理智。

戾气的产生其实有着许许多多复杂的原因。但我们必须承认，我们曾经在文化的传承引导上是走过弯路的。“革命无罪造反有理”的流氓无产者理论，至今像潜伏的病灶，时时在种种诱因的作用下发作。特别是当年全国性戾气的大爆发，给国家和民族带来了巨大的损害，对中华文化的传承也造成了不可估量的缺失，时至今日，仍然有人为之喊冤。这只能说明戾气也是一种文化上的慢性病，是难以根治的，我们绝对不可放松警惕。

中华文化博大精深，源远流长，确实有数不尽的优良传统供我们吸收并发扬光大。但精华与糟粕并存，在流淌数千年的这股洪流中，泥沙俱下，鱼龙混杂，若说到戾气，也能寻得到蛛丝马迹，甚至是历史“传承”。中国四大文学名著之一的《水浒传》，若细细读来，就是品得出诸多戾气的。那一群梁山好汉们，虽然可以称之为反抗封建压迫的英雄，但许多吃人肉、喝人血、滥杀无辜的行径，也确实令人不敢恭维。那位可怜的阎婆惜，即便红杏出墙，给宋江戴了“绿帽子”，按理也不该被一刀捅死吧?《乌龙院》至今在京剧舞台上上演，若除去艺术欣赏的因素，其实是不应该的。今天的法治社会，当然要摒弃这些文化中的糟粕。特别是那些对今天社会有害，甚至阻碍中华民族前进步伐的东西，必须坚决遏止。

近日，《水浒传》片段《鲁智深拳打镇关西》被移出了中学课本，据说理由是不利于和谐社会的气氛。有人对此不以为然，网上还争论了一阵。我以为，这一段故事确实是《水浒传》中的经典，人物塑造活灵活现。但我们若换一个角度考虑，为了遏止戾气的滋生蔓延，这一段文字，不学也罢。民俗有谚语云：“老不读《三国》，少不看《水浒》”，还是有些道理的。

向民间学习

最近，有文艺理论家提出一个新的理念，叫作“德在民间，艺在民间，文在民间”。细细琢磨，内中蕴含的意义是很深刻的。

其实说起来，这理念也算不得新。早在延安文艺工作座谈会上，毛泽东同志就提出了文艺工作者要向工农兵学习的要求，并且呼吁：我们鼓励革命文艺家积极地亲近工农兵，给他们以到群众中去的完全自由，给他们以创作真正革命文艺的完全自由。2015 年 10 月 14 日，习近平总书记在文艺工作座谈会上的重要讲话中也指出：要虚心向人民学习、向生活学习，从人民的伟大实践和丰富多彩的生活中汲取营养，不断进行生活和艺术的积累，不断进行美的发现和美的创造。这些重要的讲话精神，是无产阶级文艺的重要精神内涵，是文艺创作的方向指南和基本遵循。

所以，“德在民间，艺在民间，文在民间”，应该说是学习和实践上述重要讲话的精神内涵，通过深入生活、深入人民而得出的一种结论；是文艺家们的感受，也是他们的肺腑之言。

丰富而厚重的中华传统美德，心口相传，早已在漫长的历史长河中深入人心，融入了每一个普通中国人的心思意念，规范着人们的行为举止。尽管在整个中华文明体系中糟粕和精华并存，尽管在价值取向多元化的今天有些东西在被遗忘，但扎根深山数十年的乡村教师，撕掉贫困患者欠账单的农村医生，捡到巨款而拾金不昧的环卫工人，坚守岗位为群众服务的优秀民警……普通人身上展现出的传统美德，无不体现着一种坚定不移的信仰和理念，一种纯朴而美好的人生追求。“德在民间”，确实是文化工作者应该虚心学习之处。

近日看微信朋友圈，有个弹吉他的孩子成了“网红”。他娴熟的技巧，据说让几位音乐家都发出了“今后不再弹琴，只吹口哨”的感叹。除此之外，身怀绝技的民间艺人，默默无闻的非物质文化遗产传承者，还有那些在《星光大道》上崭露头角的民间歌手，他们显露出的精湛技艺，常常让专业人士自愧不如。他们出于热爱而对艺术孜孜不倦的追求，毫无功利之心，只求身心愉悦。“艺在民间”，印证着那句“山外有山天外有天”的古老民谚。

道德的积累和技艺的精进，再加上审美情趣与哲学思考的成熟，最终形成的是文化的体系和走向。中华民族数千年的文化积淀，已经形成了独立于世界民族之林的文化体系，是我们全体中华儿女的骄傲。文化是劳动的创造，文化是人民的创造，文化来自民间，文化又为民间百姓服务。“文在民间”，说明的是文化的起源和主体，也阐明了文化所应服务的最终对象。

“德在民间，艺在民间，文在民间”，这几句话给我的感受还有一点，那就是告诉我们，身为一名文化工作者，面对文化的发展繁荣，面对文化的博大精深，应该始终保持一种谦虚谨慎的态度。常常在生活中遇到些文人，是很以自己的那点儿成绩为骄傲的，每每表现出的是一种“德在我，艺在我，文在我”的得意状态，也许是无意，但也暴露出一种浮躁的心态和井底之蛙的眼界。更重要的是，这样的虚荣之心际、狭隘之情怀，久而久之，必然会淡忘向人民学习、向生活学习的创作宗旨，淡忘社会主义文艺工作者的重要使命。到那时，恐怕仅有的才华也会如离开阳光雨露的花朵，枯萎是唯一的结果。

德艺双馨，是文艺工作者的最高标准。而忘却了德与艺的根源何在，岂不是糟糕透顶？因此，请切记：“德在民间，艺在民间，文在民间”。

文化需要敬畏

想到这个题目，其实是被一件小事触动。

我每天上班路过公主坟时，总习惯性地探头往新兴桥西北角瞥一眼。那儿有座清朝公主塑像，被淹没在杂乱的停车场里，灰头土脸，像个看车的老妇女。我发现，很多人虽然从她面前走过，目光却不会在她身上停留片刻。为此，我竟时时有些心酸。

查资料，此地曾埋葬了两位清朝公主，公主坟这个地名，即由此而来。她们分别是嘉庆皇帝的三女儿和四女儿。姐儿俩在嘉庆十六年（1811 年）先后去世，也算是生死相依了。至于公主塑像是什么时候所立？是哪位雕塑家的作品？我没有查到答案。想这等小事，淹没在北京这座大城市里，也算正常。但可以想象得到，在公主坟逐渐成为京西重要交通枢纽的过程中，曾有一位有相当文化素养的城市建设领导者，做出了一个很温情甚至有几分浪漫的决定。于是，面容清秀的清朝公主，就此矗立在了繁华的首都街头。

对亡灵的尊重，对历史的崇敬，对艺术的热爱，对城市的尽责，诸多因素凝固在这小小的塑像里，我以为，就是对文化的一种敬畏了。

可惜的是，如同我们今天已经无从了解这塑像的来历一样，我们今天也已经很少强调文化需要敬畏了。在令人眼花缭乱的物质社会里，文化已成点缀，文化已成快餐，文化已经是人人都在用却人人都不精心的一张招贴纸。甚至，在某些人眼里，文化就是弃之可惜食之无味的鸡肋。路过公主塑像的人们，关注微信，关注股票，关注男欢女爱的八卦，却没有人关注在这座城市的每一个角落里，仍在顽强存在着的文化。

最典型也最恶劣的，要算那句著名的口号："文化搭台经济唱戏"。仿佛千年积淀下的精神财富，只配做谁的垫脚石。能够挣来钞票的，哪怕是坑蒙拐骗之流，也是风光无限的角色。细想想，这和当今世界某些粗暴毁灭文化的行为实在有得一比，我们在谴责塔利班炸毁巴米扬大佛的荒谬和残暴时，其实也应该自省。

更值得警惕的是，对文化失去敬畏之心，意味着我们的精神世界面临着坍塌的危险。而且，这种"温水煮青蛙"的结果，还会殃及我们的后代。"文化大革命"的前车之鉴，相信每个过来人都还心有余悸，但我们今天有人居然已经好了疮疤忘了疼，以经济发展的名义，试图将文化再次抛入毁灭的深渊。前不久，在埃及古迹上涂抹"到此一游"的那位"勇敢"的中学生，已经为我们敲响了警钟。

其实，文化的内涵中本就应该包含敬畏之意。敬畏天地，敬畏道德，敬畏神灵，敬畏人类在漫长的发展过程中所形成的一切法则。没有敬畏，也就没有文化，没有人类的进步。“人有多大胆，地有多大产”的荒诞，应该让我们永远引以为戒。

北京东三环靠近北京青年报社的路口，曾经有块巨石，装饰在花草丛中，也算一景。最让我百思不得其解并且哭笑不得的，是它上面镌刻了一个巨大的“卵”字。如此粗俗且莫明其妙的语言，堂而皇之地矗立街头，设计者的学识和那位为清朝公主立像的同志相比，也真是天壤之别了。

有人曾无奈说，文化每每是没有文化的人创造的，这话也许有一点儿道理。但创造文化的人如果胆大包天，那他的创造和毁灭，注定就是一辆车的两只轮子。

文化这个奇妙的东西

文化真是个奇妙的东西。某一种文化形态，可能看上去已濒临消亡，但也许突然有一天它就起死回生，重新繁荣起来。如国粹京剧，曾经的衰败惊动了中央领导，各种抢救措施轮番出台，终于有了今天的繁荣。说繁荣，有人可能持不同意见，认为还远远不够。但最近我参加一次文化活动，晚上放松的时候，有两位同志登台都是唱了京剧选段的，虽是业余，水平却也可以赢得掌声。以管窥豹，说明京剧的群众基础真还不错了。看于魁智、张火丁等京剧名角，也隐隐有了当年马连良、梅兰芳的风范。

如果说，京剧的振兴还有国家扶持的因素在，那么，相声的繁荣也许更说明问题。著名相声演员郭德纲，曾经遇到过满场只有一个观众的窘迫。这位还不好好听，边听边打手机。郭德纲只好说："您先打着，我们等您。"而今天我们再看相声，火遍全国不敢说，起码郭德纲您是轻易见不到了，他已经忙得没时间说相声。

这种状态原因很复杂，不是一句话两句话可以说清的。仿佛冥冥之中有一只掌管文化的命运之手，左右了这个万花缤纷的世界。有人也许会说，兴盛也罢，败落也罢，地球照样转动，文化这东西也照样丰富多彩。此消彼长，旧的文化没落了，新的文化又会如春天的野草长出来，这也是一种自然现象吧，也许不算坏事。

话虽这样说，语气幽默也尽管幽默，但文化衰败的可能性和严重性我们不可不高度重视。据统计，全世界共有七千多种语言，其中一半将在本世纪内消亡，80%～90%会在未来二百年内失去生命，比动植物消亡的速度还要快。中国有129种语言，一半以上活力低下，有二十至三十种属于濒危。满族算是我国较大的少数民族了，有一千万人口，可现在全国会说满语的仅仅有一百人左右。没有了代际传承，这种曾经辉煌过的语言将很快消亡。

语言的消亡必然伴随着文化的消失。我们都知道，任何语言间的翻译都不可能百分之百精准。一种语言没有了，必然有一种文化随之损失甚至消亡。南美有一个土著部落，其独有的语言中蕴含着这个部落惊人的医药知识，语言消亡了，等于一部药典永远和人类告别。这样的事情每天发生着，真的就如同我们的地球在逐渐失去色彩。人类学家玛格丽特·米德曾忧心忡忡地预言："我们的世界将被冲击成同一的、没有任何色彩的地方，人类的全部想象可能要被囚禁在单一的智力和精神状态里。"想想也真的恐怖，如另一位预言者所说：最可怕的是当人类"某一个早晨醒来的时候，不记得这个世界曾经有过不一样的可能性”。

因此，我们要记住，文化是个奇妙的东西，可也是个脆弱的东西。也许正是它的脆弱，使它变得不可捉摸，而更显奇妙，更需要我们的保护。其实，干着摧毁文化的蠢事的，恰恰是人类自己。历史上的罪魁，主要是粗暴的殖民扩张，美国对其西部的开发，就曾使数百种土著语言消亡。而今天的祸首，则应该是所谓全球化浪潮的冲击了。世界经济、文化在高科技手段的推动下日趋融合，给我们的世界带来了诸多的进步和发展，却也在相当程度上对原生态文化造成了破坏。特别是只以金钱论成败的错误导向，已经使越来越多的宝贵文化遗产走向了灭亡。

京剧是幸运的，有国家的扶持。相声也是幸运的，有一辈辈相声演员的不懈努力。而其他呢？在国家档案馆里，瀚如烟海的满文档案静静地躺在档案柜中，却没有人可以流利地朗读它了，更不要说研究。这真的是一种悲哀，也是文化传承的一种重大的不可弥补的损失。

从另外一个角度说，文化这东西当然也确实是在不断变化和融合的。今天的相声，即使说的是传统老段子，也会有许多新元素掺杂其中，抱着吉他上台的，都不算新鲜事了。融合也是一种保存，也是一种发展，也是一种积极的面对。但我总以为，发展的前提是保护，一种文化消亡了，你又何谈发展呢？离开了保护，离开了千年传承的文化精髓，所谓发展就是一种掠夺和一种篡改。在此，我们有理由大声疾呼，善待我们的任何一种文化形态吧，就像我们今天善待国宝熊猫一样。

说到这里，想起一件遗憾的事。自从北京琴书泰斗关学曾老先生辞世，我便再也没听到过那悠扬的旋律了。也许这只是文化百花园里飘落的一片叶子，但对于我这个曲艺爱好者而言，却是永久的思念。

“标题党”的堕落

做过多年编辑工作，其实很知道标题的重要，也曾多次为一篇文章的标题亮眼与否废寝忘食过。“吟安一个字，捻断数茎须”，是常用来鼓励自己的话。有时，也是对自己的小表扬，那每每是自认为所拟标题还不错的时候。

标题确实是一篇文章、一部作品的点睛之笔。刚当编辑时，老同志常常用典型事例启发我们，如说到美国老影片《魂断蓝桥》，其实原片名是《滑铁卢桥》，朴素，但无文采。中文翻译为《魂断蓝桥》，感情色彩浓郁了，悲剧氛围深厚了，而且准确地点出了故事的主线，实在是令人拍案叫绝。

而且，蓝桥其实还是中国历史上的一个著名典故。真正的蓝桥，据说在陕西省西安市蓝田县城西南的蓝溪之上。春秋时期，翩翩少年尾生与心仪的姑娘相约在蓝桥下见面，但姑娘因故未能赴约。偏偏赶上天降大雨，河水暴涨，恪守信约的尾生抱着桥下石柱坚决不走，最终溺死。姑娘匆匆赶来，见此悲伤不已，也即殉情。《国策·燕策》中曾称赞说：“信如尾生，廉如伯夷，孝如曾参，三者天下之高行也。”

如此看来，这样的标题实在是漂亮，具备了一个好标题所应该具备的全部要素，特别是深厚的文化内涵。这当时确实让我们这些小编辑有茅塞顿开之感。回想那些年，每每为标题绞尽脑汁。如我写北京公安英烈崔大庆，文章标题想来想去而不得，最后实在憋急了，灵机一动想到“涅槃”二字，于是用了《大庆涅槃》作标题，感觉其中浴火重生的寓意很悲壮，算是个还不错的标题吧。

随着时代的变化，在科技的推动和利益的诱惑下，不管愿不愿意，我们今天跑步进入了所谓信息时代。在什么都改变了味道的当下，标题变得越来越花哨，越来越重口味，越来越以耸人听闻为目的了。其实，这也不是新鲜事，就在我还当编辑的那个时候，随着报刊的兴盛以及随之而来的激烈竞争，已经有了标题堕落文字亦堕落的倾向。而现在，当年那些低俗的小刊小报大泛滥了，堂而皇之地登堂入室了，而所谓自媒体把这一潭水搅得更混。

说到底，堕落的是思想，是道德，小小的文章标题不过是堕落的一种外在表现而已。现在还有了个说不上是褒是贬的称呼：“标题党”，仿佛标题也成了一碗饭，有一群人在抢着吃。为了搏眼球，为了争效益，许多文章标题的指向出现严重错误，不再以弘扬正能量为重，不再以画龙点睛、高屋建瓴为荣，而是追逐着各种低级趣味。更不要说虚张声势、指鹿为马、妖言惑众、危言耸听……“标题党”们在这方面，真是无所不用其极。如果《滑铁卢桥》今天让“标题党”们来翻译，大概会译成《妓女之畸恋》吧。

最新看到的一个标题，更是恶劣到极点。文章是评论一部新电影的，这标题是《这个曾经的上海黑社会老大，连蒋介石都曾在他面前下跪，却被×××搞定》。且不说这标题有多啰唆，有多么不伦不类、不通情理，只说那被我以“×××”而代替者，却是一名当下走红的女演员。标题中涉及的前两个人物，均属历史，最后一个，却用现实中的真名。不是思维的混乱，而是“标题党”们有意为之，其中的肮脏寓意不言自明。连对人格的起码尊重都不讲了，我们难道能够允许这样的标题存在吗？

雅贼的嘴脸

文坛上的剽窃事件，这些年屡见不鲜。这些雅贼的嘴脸，大家也算是看惯了，有点儿见怪不怪的感觉。也真有那种百折不挠的主儿，这里被揭发了，就往那里去投稿，反正赶上一个编辑部的疏忽，他就得逞，稿费赚到，名字也印到了白纸上。剽窃的成本之低，雅贼们自得其乐。

但贼终究是贼，心大概总是虚的，还没见到谁大张旗鼓地宣扬自己是贼。但底线的被突破在今天已经不是罕见，最近就见到一位被指控剽窃的女作家，竟很委屈地在网上说自己“抄得很辛苦，苦到常常哭出来”，并且她很天真地为自己辩解说：“上中学的时候，老师就告诉我们，天下文章一大抄啊”，那语气，仿佛倒是别人少见多怪了。

是非观念颠倒到如此坦诚的地步，真也令人无语。

其实关于剽窃，是非曲直本是很明白的事情。别人的劳动心血，你不费吹灰之力就把它窃为己有，怎么辩解也说不过去的。但人品之养成铸就也是件无奈的事，有些人的心灵就是那么龌龊。被称为中国史上“剽窃第一人”的郭象，文采其实并不输人，但却剽窃了“竹林七贤”之一向秀的《庄子注》。向秀写《庄子注》，还差《秋水》、《至乐》二篇未完就去世了。郭象将这二篇注完，加上些自己的观点，将全书以自己的名字拿去发表。也算个文化人的郭象，就此被钉在耻辱柱上，成为品行不端者的代名词，至今骂名不绝。

大概郭象在剽窃的时候，也以“天下文章一大抄”安慰过自己吧。其实这句蛮幽默的话，我们在上学的时候大多都听说过的，它的真正含义，提倡的是学习中的借鉴方法，是一种融会贯通，是一种理解提高，也就是我们常说的“要站在巨人的肩膀上”，而绝不是暗中鼓励那些鸡鸣狗盗的行径。拿这句话当挡箭牌，也算“皇帝的新装”，是掩耳盗铃而已。

有句指责剽窃的成语，叫“资取其义”，现在不常用到。这句话也来自一起剽窃事件。唐人颜师古为《汉书》作注，成为一本经典，但《新唐书·颜师古传》用“多资取其义”这句话，直指颜师古其实抄袭了他的叔父颜游秦的《汉书抉疑》。可叹颜师古，就此因剽窃遗臭万年。

时至今日，我们倒是应该反思，为什么“资取其义”这个成语不常出现了。是剽窃事件少了吗？显然不是。曾经听说过这样的故事，当下居然有以剽窃为生的人物，竟然靠此而出了名，被抓了现行也毫无悔意。最近还听说某某作品竟然涉嫌剽窃了近 200 本他人的著作，也算是创下纪录了。这样的故事我们不觉得稀奇了，才是今天我们应该悲哀的事情。

我曾经为公安影视创作担任过剧本审查工作，“枪毙”过的涉嫌剽窃的作品也不少，有人竟堂而皇之地把迪伦马特的名篇《诺言》直接变成了自己的剧本。我问作者标明是改编有那么难吗？何况你的文笔不错啊，干吗要这么做呢？而我得到的回答，只是白眼，仿佛我是多事，而他属于正义。

当今社会是非颠倒的怪事很多，文化界更不能免俗。这样的乱象，需引起我们的警惕，更需我们振奋精神，高扬起正能量的大旗。习近平总书记的系列重要讲话，从谈文艺，到谈治党，谈不忘初心，应该是我们的精神食粮，足以让我们理直气壮地用以抵御应该抵御的，弘扬应该弘扬的。也许，我们整治文化界的混乱，就应该从根治剽窃的歪风邪气开始。

公德是不可缺失的文化

最近连续看到一些有关社会公德的新闻。

在飞机上用方便面泼洒空乘，在地铁上旁若无人地啃鸡爪，在道路上肆无忌惮地超车、别车，在旅游地胡写乱画……近日又看到一朵“奇葩”，有位在自动提款机上取款的姑娘，因为后面排队的人催促了一下，赌气开始一张钞票一张钞票地提款，耗费半小时之久。看着这条消息，用句老北京的形容语，我“被气乐了”，真想问一句：姑娘，你自己的时间不是时间吗？

民航部门出台了政策，今后在飞机上违反公德者将被列入黑名单。旅游部门也在研究方案，如何对旅游地发生的类似事件予以惩罚。政策法规的完善当然是有效的，但更多更细碎的事情恐怕也无法规定得特别细。如那位取款姑娘，大概没有什么法规可以惩治。再如排队“加塞儿”、公共场合大声喧哗、随地吐口香糖之类的鸡毛蒜皮，也正是因为如此吧，才成了一些人见怪不怪的事情。

众多媒体在报道此类事件时，一致谈到应该运用道德的手段约束这些不讲公德的行为。这话是不错，但个人的道德从某种意义上讲是软弱的，它首先有赖于自觉，而我们看到的上述那些人肯定是不自觉的，甚至有人不以为耻反以为荣。其次，道德需要形成公众的震慑力，如果旁观者统统装聋作哑，那就是对违反公德者的纵容。因此，道德要有力量，需要形成全社会的共识，需要形成一种强大的文化氛围，只有这样，道德才会成为约束全体人行为的自觉规范。其实说到底，文化才是真正强有力的。

有人认为在中国传统文化中，对于公德的要求相对贫乏；认为中华文化一向只注重个人内心的修炼，对社会事务、社会规范的关心似乎不够。其实这是个误解，或者说是偏见。中华文化是最讲道德的，也最讲究处理人与人之间关系的技巧和规矩。有句我们常说的俗语，叫作“己所不欲，勿施于人”，就是一个最典型也最实际的人生道理，它浅显而准确地告诉我们为什么要遵守社会公德，应该如何遵守社会公德。中国人的自我修养和自我约束，其实就是遵守公德的前提。

曾子曰：“吾日三省吾身，为人谋而不忠乎？与朋友交而不信乎？传不习乎？”此话的本来意思是每天要反省三个问题，为人办事是不是认真负责？和朋友相交是不是讲信用？老师传授的知识是不是认真复习了？而流传至今，这句话的内容则更宽泛了，三省吾身的意义不再仅仅指那三个问题，而是泛指对自己所有行为举止的反省，是对自身道德标准的检查和端正。遵守社会公德，当为其中必有之意，是不能缺失的文化内涵。

个别人不遵守公德的行为，为人所不齿。说到原因，恐怕是很复杂的。有教育的疏漏，有文化的断层，也有各种不良思潮的影响。但我以为，说到底，是利己主义的泛滥。眼睛里只有自己而没有别人，满足自己欲望的同时不惜伤害其他人的利益。因此，我们不能也不应该为那些丧失公德心的人找什么理由。有人曾为中国人在公共场合大声喧哗找借口，说这是中国人的文化。这显然是强词夺理式的狡辩。如果非说这是文化，也应该属于陋习，必须要改变之。文化也是不断进步的，中华传统文化在继承的基础上走向世界，该摒除的糟粕一定要摒除。

在网络上看到一个段子：天使降临，对一个路人说，恭喜你碰到了我，我可以满足你一个愿望，但是要告诉你的是，不管你要什么，你的邻居都会获得双倍的奖励。这个人思考了一阵回答说，那么我想瞎一只眼睛。

这真是个残酷到令人毛骨悚然的段子，但也意味深长，值得我们思考和警醒。一个人的良知如果湮灭到这种地步，那就不仅仅是遵守社会公德的问题了。

以讹传讹的趣味与领悟

有人把网络与微信上的阅读称作浅阅读，因其篇幅的短小和内容的浅显。和朋友们讨论过这个话题，大家认为，所谓浅阅读，相比较传统的阅读方式而言，确实有浮浅之处，但也不可一概而论。在当下快节奏的社会生活中，浅阅读也不失为一种补充知识、获取信息的方式。有相当的网络文章，也有其可取之处。特别是因其短小，作者对文章的趣味性就更注重，因此网络上多风趣诙谐之作，于幽默中讲故事、说道理。

前不久就在微信上读到一篇有趣的小文章，说的是在中华文化悠久的历史中，有许多因各种原因而慢慢失去本来面目或本来意思的典故、俗语。这应该说是个很独特的考证角度，从以讹传讹中也可以了解文化的发展和传承。例如，“三个臭皮匠顶个诸葛亮”，其实应该是“三个丑裨将顶个诸葛亮”。裨将者，我国古代最低级别的军官，但是通常有权参与军中议事。大概是因为谐音的缘故，裨将慢慢演变成了皮匠。现在这句话的意思并没有变，但细细考究则不通了，皮匠怎么和宰相诸葛亮联系到了一起？但转念想来，由裨将而至皮匠，是通俗化的表现，人们平日常见的皮匠，当然要比裨将更亲切，也更形象。

据说由此话还衍生出了民间故事。说是诸葛亮到东吴，为孙权设计了一座报恩寺塔，塔顶上需安放一个高数丈的铜葫芦，想看看东吴有没有这样的能工巧匠。就在孙权束手无策的时候，三个街头摆摊的皮匠用做鞋样的方法缝出了葫芦样子，浇铸出铜葫芦，最终解决了难题。从此，诸葛孔明再也不敢小视东吴。这故事显然是江南人的演绎，典型的以讹传讹，却是趣味横生。

有些以讹传讹则是有更深的意味的。如“无奸不商”这个成语，据考证最早应是“无尖不商”，是从卖粮食说起的。早年的粮商秉承着诚信的商业道德，保持着一种良好的商业作风，以斗称粮时总要冒尖，由此留下了“无尖不商”的赞誉。而时至今日，口口相传、处处印证的“无奸不商”，这之中的一字之变，却是南辕北辙，其中关于道德、价值、人性的思考，实在是让我们脸红。

有些以讹传讹的过程是非常有趣的。最近一位老朋友在微信朋友圈里发了一段视频，是俄罗斯乐团演奏的苏联著名音乐家肖斯塔科维奇的第七交响曲《列宁格勒》。猛然听来，不免大吃一惊，这不是那段我们儿时常常挂在嘴边上的“鬼子进村”吗？当年凡是看过电影《平原游击队》的男孩子，大概都端着玩具枪哼哼过这段曲子。查了一下资料，第七交响曲创作于1941年，当时希特勒正以32个步兵师、4个摩托化师、4个坦克师和一个骑兵旅，还有 6000 门大炮、4500 门迫击炮和 1000 架飞机向列宁格勒猛攻。说起来，音乐表现的确实是“鬼子进村”，当年的电影制作者挪用了这段乐曲，也算恰如其分。但我的老朋友在发视频的同时感慨道：怎么听这段曲子，眼前总是日本鬼子的形象。

这种思维里的形象转变，其实是文艺功能性的体现。艺术的力量和感染力，是人类共通的。这段苏联乐曲在中国的落地生根，其实说不上是以讹传讹。但众多以讹传讹的故事里，是有文化的道理可供我们研究的。

所以，不管是浅阅读还是传统阅读，重要的是在阅读的同时思考。许多看起来只是风趣、浅显的小文章，也许就蕴含着一些有益的人生哲理和文化领悟。

质疑所谓“底层写作”

曾经有一位评论家在文章中把我的作品归类于“底层写作”，这很使我困惑了一段时间。并不是因为不屑于接受这样的名号，更不是对所谓底层有什么歧视，而是对“底层写作”这个提法本身，有些质疑之处。

所谓“底层写作”，顾名思义，是指描写社会底层生活，或由社会底层人士撰写的文学作品或文学写作活动。如最近爆红网络和微信的打工妹范雨素，因一篇叫《我是范雨素》的文章引发广泛关注和评论，就是所谓“底层写作”的一个范例。而我对“底层写作”的质疑，也由对此事的思考而渐渐明晰，为着在众多评论与报道之中，隐约流露出的那一丝中产阶级的优越感。

诚然，范雨素的写作，皮村的文学活动，还有打工诗歌的流传和那位残疾诗人的走红，都有着值得我们称赞的精神在其中。那种在逆境中的努力，那种发自内心的对文学的热爱，都值得我们每一个人敬佩。但是，在我们的文化传统中顽固存在着的某种不平等意识，在上述这些事件的宣传报道中是被加强了，还是削弱了？这种加强或削弱是有意识的，还是无意所为？都值得我们认真思考。

在人类从野蛮走向文明的漫长进程中，文化的创造发展始终是精华与糟粕并存的状态。此消彼长，此长彼消，诸多文明成果在其中出现了反反复复的演变过程。如孔子所说：“君君、臣臣、父父、子子”，本意是说君臣父子都要有符合自己身份的样子。但后来却在历史的推进中渐渐演变成了君为臣纲、父为子纲、夫为妻纲的理论依据，成为儒家用以巩固封建等级制度的道德教条。这样的教条，这样的精神束缚，不能不说至今仍然是我们社会中的顽疾，有着相当的市场，也是在所谓“底层写作”的讨论中，某些人所执的居高临下态度的精神内涵。

很有一些人是沉醉于自己的所谓阶层地位的。前不久从网络上看到一则消息，我希望它是假的。说是某市某小区居民贴出了一则告示，对“低阶层人士”和他们共享这个高档小区的各种资源而不满。这些“社会精英”们的言行，其实很令有良知的人们所不齿。

因此，我不敢苟同“底层写作”的说法，我愿意把那些所谓“底层写作”称为劳动者的创作。这样的创作其实有着更强烈的忧患意识和责任意识，有着更加丰沛的情感和带着泥土芬芳的质朴。这样的写作，恰恰是完全出自内心，少有金钱和功利的成分在其中。文字也许还不成熟，但精神高度是远胜于某些所谓精品的。

近日偶然打开电视机，正看到一部热播剧的片段。小流氓上门逼债，债主战战兢兢地捧出几个豆沙包，说你们兄弟先尝尝吧。流氓们吃了说好，问是什么牌子，答曰：思念。又问其哪里有卖，说是超市就有。如此地无聊，如此地荒唐，如此拙劣的广告植入。那些自以为高明的艺术家们，你们在所谓“底层写作”面前，难道还会有优越感吗？

社会平等是一个社会学范畴的重要课题，也是我们共产党人为之奋斗的终极目标。要警惕在我们当下的文艺创作中仍然时时有所流露的文化渣滓，要真正地关注和支持普通人在追求自己梦想中所付出的努力。中国梦不是一个虚幻的梦境，中国梦是亿万中国人的小梦想融汇而成的伟大复兴，是对一个富强、平等、公正社会的呼唤。

价值观岂容混乱

在关于思想意识形态的讨论中，价值观扭曲是常常被提到的话题，而价值观混乱，则少有提及。

这二者其实是有差别的。扭曲，是指对原有价值观的悖逆，或是抛弃，是一种本质上的离心离德。混乱，则是在社会价值多元化的影响下，思想上的动摇和含混，表现在行为上的，是一种泥沙俱下、鱼龙混杂、相互矛盾的状态。

这么说似乎仍不大明白，可举例说明：传统京剧《天雷报》讲的是孝老敬贤的故事。张继保自幼被亲生父母遗弃，为开豆腐店的张元秀老夫妻抚养成人，后又被生母接回并高榜得中。但继保良心沦丧，在亲生父母的要求下仍然拒绝与养父母相认。已沦为乞丐的张元秀老两口绝望自杀，张继保被天降雷电劈死。某电视台最近播出了此剧的新编本，删去了雷劈张继保的高潮结尾，让这个不孝子在养父母身亡后哈哈笑着离去。这便很有些莫名其妙了。想来是改编者觉得"天打五雷劈"的因果报应属于迷信，不宜再登台表演，可是如此放纵不孝之子又传达给了观众什么信息呢？

这应该说就是价值观上的一种混乱。草率的删改，对与错在改编者的脑子里不甚分明，或者说感觉不那么强烈，操作起来便不慎重，产生的效果当然不好。

这样的情况在今天的文艺创作中相当普遍。据说连《窦娥冤》都有人删去了“六月飞雪”的悲壮结局，窦娥也被加上了个贵族之女的身份。最近走红的一部情感电视剧，以“小三”上位开始，以曾是受害者身份的女主人公挖了最好闺密的墙脚告终。不管这部剧拍摄得如何精良，引发的争论如何深刻，这条情感主线上表现出的价值观混乱，是掩盖不了的瑕疵。

混乱，说明我们应该坚守的，今天面临着搅扰。当今社会，信息膨胀，价值多元，诸多似是而非的理论、信条、说法，堂而皇之地出现在报纸和网络上，出现在影视剧的台词里。有人总结了某电视剧的所谓“金句”，“男人内心的深深深处，都是希望老婆永远是老婆，情人永远是情人，像两颗行星永远保持在三万光年的距离，且平行运行，永不相交”，也成了被奉若神明的话语。

混乱，说明我们应该坚守的，今天面临着挑战。混乱与扭曲的区别，也许应该说在于有意和无意。前者往往是无意为之，后者却一定是居心叵测。但是，混乱往往会导致扭曲，思想上的放松和纵容一定是堕落的开始。千里之堤溃于蚁穴，耳熟能详的成语人人会说，会解释，但在现实中，“温水煮青蛙”却是我们常见的悲剧。今天觉得新颖而奇特的某种言论，也许有朝一日就成了盲目甚至疯狂的追逐。

混乱，也说明了我们应该坚守的，今天面临着与时俱进的发展迫切。我们的前进方向和宏伟目标是既定的，在此基础上，改革与创新是不变的主题。

文艺可以包容各种形式与形态，百花齐放更是我们追求的目标与方向。但文艺所要传递的价值观一定要是鲜明而正确的，容不得一丝一毫的混乱。否则，我们就是给谬误开了绿灯，自己给自己制造了麻烦。

如同航海需要罗盘，如同行车需要导航，一个人的前行，一个国家的进步，价值体系的确立至关重要，是本中之本、重中之重。而在文艺创作中表现出来的价值观混乱，是关系到文化安全的大问题，绝不可等闲视之。

文化的挣扎与进步

有许多书是需要反复读的，特别是那些蕴含了文化思考和历史沉淀的书籍，每每重新翻开书页，再次沉浸其中，就会有些新的感悟。近日出差，旅途之上重新读了余秋雨的《行者无疆》，颇有些感想。

余先生的著作向来毁誉参半，称赞者与批评者之间的争论似乎从来没有停止过。但至少余先生对文化的思考是严肃的，即使是一家之言，也很有参考的价值。重读《行者无疆》，便想到"文化的挣扎与进步"这个题目，想来这世界上熙熙攘攘，文化的发展进步从来都是一个艰难的过程。

余秋雨先生在书中讲述了著名画家伦勃朗和他的名作《夜巡》的故事，正是这个故事再次触动了我。伦勃朗（1606—1669），荷兰人，是欧洲 17 世纪最伟大的画家之一。油画《夜巡》是他最著名的作品。这幅画的创作经历颇为有趣，阿姆斯特丹射手连队的十六名射手每人出了一笔钱，请伦勃朗为他们画一幅群像。他们希望得到的，是他们欢宴或娱乐的场景，每个人都理所当然地与旁人占据着同等的位置。这些普通人的趣味，自然是世俗化的，更因为付了钱而有一种理直气壮的感觉。而伦勃朗作为杰出的艺术家，当然不会甘于低俗。他没有听从射手们的要求，而是充分发挥艺术想象，对构图进行了精心的设计，把人物都安排得错落有致，既突出了主要人物，也使每个人都在画面上有所表现。这幅作品的色彩与光线运用也非常精彩，营造出了一个庄严有序而又带着神秘、紧张气氛的战士出征场面。这样的艺术创新或称突破，使这幅画在历史上奠定了它的重要地位。

这幅画自然引发了射手们的强烈不满，甚至闹上了法庭。随即，无知的市民、忌妒的同行和无良的媒体、作家们，都落井下石，一时间满城风雨，全是对伦勃朗的攻击和嘲笑，以至于这位杰出的画家就此面临着再没有人买他的作品的窘境，直至贫困致死。

但即便如此，伦勃朗始终没有同意修改他的作品，他不能低下他高贵的头颅。他在艺术上的这种坚持，为今天的世界留下了宝贵的文化遗产，也让我们在欣赏杰作的同时会思考关于文化发展的问题。如余秋雨先生在书中所说：任何一种文明都会由于多种原因而自我迷失，只有把它们放回到与蒙昧和野蛮交战的第一线，才会临阵清醒，不断地重新体验自己的文明本性，并与其他文明沟通。换句更简单的话说，文化只有在挣扎与争战中才能进步，才能在大浪淘沙之后露出金子本来的光芒。

伦勃朗的故事也许只是一个个例，但它确实告诉我们一些道理。从文化的发展进程讲，文化总在进步，总是新的文化形态逐步取代和淘汰旧的、落后的文化形态，但这个创新过程的艰难与痛苦，也是一种必然。

最近一位公安老作家在微信朋友圈里晒出了当年的一张录取通知书，并且感慨道：如果当年自己不是被领导阻挠，能去上这个学，大概不是今天的这个样子。这也是个个例吧，和伦勃朗相比，也许更不算个事情。但内中蕴含的意味，却有着某些相通之处。今天的公安文学得到了迅猛的发展，公安作家们面对的，也是更大的支持和包容。这也是进步，这也是前进。放下余秋雨先生的《行者无疆》，也记住了另外一个事实：在伦勃朗去世百年之后，有无数成名画家宣称自己受到了伦勃朗的艺术濡养。伦勃朗得到了真正的永生。

警界

天下公安是一家

近年来，各地公安机关的文化活动都很活跃，跨省跨市组织的活动也越来越多。例如，2016 年为了纪念中国红军长征胜利 80 周年，我们组织了“长征路上的坚守”主题写作活动，集中全国部分优秀公安作家，沿着当年红军长征的路线，采写今天坚守在这些地方的普通民警的感人事迹，中心意图是表达一种信念和一种继承。

活动很受欢迎，但也听到些不同声音。一位参与了活动的公安作家告诉我，她的单位里就有人埋怨她：自己单位的英模不写，去写别人的英模。

这让我突然想到在基层，特别是在一线执法部门常常听到的一句很亲切也很豪爽的话：天下公安是一家。

天下公安是一家，其实是一种公安工作的必然状态。随着社会的不断进步开放，交通便利，通信快捷，人流物流都呈现着繁忙的态势，而犯罪分子的流窜也变得十分容易。跨省办案，全国追逃，协同行动，已经成为公安工作的常态。在这一点上，不讲分内分外，不计报酬名利，是所有一线民警的共识。

天下公安是一家，也是一种公安精神的真实写照。把公安这支庞大的队伍凝聚在一起的，是坚定的共同信仰，也是在战斗中锤炼出来的那种血浓于水的战友亲情。共同蹲守的每一个夜晚，共同举起的庆功酒杯，都将各地公安战友的心拉近，都将各地公安机关的协作变成一种自觉。天下公安是一家，是一句充满着感情的话语。

天下公安是一家，其实也适用于公安文化事业的发展。公安部党委组织的“公安文化基层行”活动，已经坚持了十年。十年间，共有二百多名来自全国各地公安机关的文艺骨干参与其中。只要部党委一声令下，他们便立即放下手头的工作，聚集到“公安文化基层行”的队旗下。数百场的演出，他们放弃了自己的工作，放弃了自己的创作，甚至放弃了多少次与家人的团聚。这支来自天南地北的精干文艺队伍，为天南地北的战友和群众送去温暖，送去感动，也送去公安部党委的决策部署。天下公安是一家，这句话的深厚内涵，被文艺小分队的行动演绎成为精神层面的永恒。

还记得在青海湖畔，文艺小分队曾为一名民警做了“专场演出”。每逢旅游旺季，这名民警都一个人坚守在游人如织的湖边，维护治安，服务群众，夜晚就独自睡在汽车上。他的付出感动了小分队队员，而小分队的倾情演出也感动得他热泪盈眶。每每回忆这一幕，“天下公安是一家”这句话就在耳畔响起。我相信，如果没有文艺小分队把歌声送到青海湖畔，那位战友的生活必然缺失了一种色彩。

天下公安是一家，本身就是一句诗歌般的语言，朴素，直白；然而真切，诚恳，纯朴。其中蕴含的，是多少话语也难以尽述的情怀。我只希望，不要让世俗的繁忙和琐碎，打磨掉这句话闪光的锋芒。公安文化是有温度的，这种温度来自公安斗争生活的火热，来自战友深厚情谊的绵长，也来自对责任与使命的正确认识。

同样一位参与写作活动的公安作家，她所在单位的领导最近为她的突出工作成绩做出了这样的批示和表扬：用心用情写警察故事的人，亦是我们队伍中的英雄。不能不说，这样的领导同志，站得高，看得远，胸中装着的绝不仅仅是自己的那一片天地。

说起来，写好本单位的英模，当然没错，但为所有公安英模放歌，是公安作家的天职。习近平总书记说：歌唱祖国、礼赞英雄从来都是文艺创作的永恒主题。能不能深刻理解习总书记的教诲，能不能从更高的层面关注公安文化建设，考量出的，是一个公安领导者的胸襟和眼界。

文化是个筐

我在一线公安机关工作的时候，常常听到这么一句话："治安是个筐，啥都往里装"，指的是基层公安机关的治安部门，担负的工作职责内容芜杂，甚至有些不好分清责任的活儿，也都扔给了治安。说这话的当然是治安部门的人，话语里多少有些无奈。

近年来，随着公安改革不断推进，职责划分越来越明晰，这句话便逐渐听不到了。但是我调到文化部门之后，却越来越多地听到另一句非常相似的话，即"文化是个筐，啥都往里装"。

细想想，二者其实是有差别的。前者的含义是批评，涉及执法职责的划分，当然是越改进越好，越清楚越好。后者的内容却复杂多了，听上去有褒有贬，有形容有特指，一两句话说不清楚。而且还要说明一点，准确讲这后一句话逻辑上是有错误的，更确切的说法应该是"××是个筐，文化往里装"，是指把文化因素往各项工作中叠加。但大家约定俗成，总那么说，意思也都理解。

经济发展之后，“文化强国”的口号自然而然地提出来，成为全党全民的行动纲领。在这样的有力推动下，各行各业都在谋划着用文化的力量引领和推动自身的发展。公安部党委的“文化强警”战略，也在这样的潮流中应运而生，为公安队伍建设注入了新的活力。在这种情况下，越来越多的各级公安机关领导开始从文化的角度观察和掌握、谋划工作的推动与发展，把文化的因素有机地渗透到各项工作中。在许多人眼里，于是便留下了“文化是个筐”的印象。

简单而言，文化真的像是个筐。说到企业，有企业文化；说到管理，有管理文化。特别是有人提出“文化搭台经济唱戏”的口号后，文化更成了到处抹的“万金油”。最近看到一条新闻，某地搭建了一座山寨狮身人面像，引发埃及抗议，最后不得不拆除。想想这件荒唐事的初衷，一定是急功近利的所谓“文化建设”，却恰恰暴露出了没文化没知识的窘迫。就像暴发户家里的书柜，金碧辉煌的精装书最终成了讽刺。

所以真的较真儿起来，文化绝不只是个简简单单的筐。或者说，文化这东西绝不是能简简单单就往筐里装的，怎么装，是要有讲究的。做思想政治工作的同志们最近提出一句口号，叫“把文化的旗帜插上思想政治工作高地”，如果我们简单理解这句话，也许就会认为仅仅是多搞些吹拉弹唱的文娱活动而已，其实不然。文化在思想政治工作中的地位和作用，可能写几部书也叙述不完。它是管理文化的一部分，但在公安职业中又必然具备公安文化的特殊属性。它要运用文艺的多种形式，也要融入政治学、心理学、社会学等知识。特别是当下，网络技术对文化传播方式的改变和颠覆，微博、微信的大量普及，已经给思想政治工作提出了新的课题，也带来了新的机遇和挑战。甚至，连我们的语言方式都在悄悄地改变着。不琢磨透这些事情，文化的旗帜插上思想政治工作高地，就无从谈起。

看看，仅就思想政治工作这个专题，就有多少东西值得研究。装在“筐”里的东西，是要精心挑选、精心准备的，要装得丰富，要装得精致，要装得正确，要让文化为每一个背筐前进的人，都真正插上一双腾飞的翅膀，都能在工作中将文化的理念运用自如。

“文化是个筐，啥都往里装”，其实对某些同志来说，说这话就是在面对新形势、新问题时的一种束手无策。思想落后于形势，面对接应不暇的变化时就有了无奈的感慨。而对另外一些同志来说，也许是另外一种思考方式，也就是我们前面列举的那种粗放式的工作态度，把文化当作“万金油”到处涂抹，把文化当作“小广告”四下张贴，花里胡哨的背后，也许是满满一筐废品。

“没有中华文化繁荣兴盛，就没有中华民族伟大复兴”，习近平总书记在文艺工作座谈会上明确发出了繁荣发展中华文化的号令。所以，在文化成为中华民族伟大复兴“中国梦”的强大推动力的今天，文化对各项工作的引领作用、推动作用和鼓舞作用，确实是我们要认真研究和关注的。而当我们把自己的本职工作与文化相结合的时候，我们既要改变消极的态度，又要摒弃那些表面化的花样文章。要真正把文化的因素融入我们的日常工作，用文化的思维方式去考量我们的工作。

“文化是个筐，啥都往里装”，不如说“文化是大海，勇者自遨游”。

把工作做成一首诗

暮春时节，探访济南市交警支队。展览室里暖风融融，于展板上突然读到一句话：我们疏导的不仅仅是交通，疏导的还是一座城市的情绪。怦然心动之后，我想，这不就是一句诗吗？

是的，这是诗。在济南交警支队的事迹里，我们可以读到很多这样的诗。

山东省济南市交警支队，曾于1997年被国务院命名为“严格执法热情服务的交警支队”。一时间，全国公安战线掀起学习济南交警的热潮，济南交警的事迹在当时公安执法理念的变革中，起到了重要的推动作用。他们那种“流血流汗不流泪，掉皮掉肉不掉队”的拼搏意志，也成就了传承至今的济南交警精神。时至今日，济南交警仍然是全国公安的一个过硬品牌。而这次到济南交警支队，深刻感受到的是他们以文化的力量推动创新发展，打造过硬队伍的一种思考和努力。把工作做成一首诗，也就是他们的事迹触动我，而使我从心底生出的一种感悟。

在许多人看来，公安工作是繁重的，是枯燥的，它充满了牺牲和奉献，甚至有时候，我们还要面对着责难和攻击。这样的沉重给每一位从事公安工作的人所带来的，都是巨大的压力。如何应对这样的压力，缓解和疏导民警心理负担，并且激发更大的工作热情，圆满完成党和人民交给我们的光荣任务，一直是公安思想政治工作面临的难题。济南交警在保持红旗不倒、品牌常新的过程中，摸索出了以文化强警、育人的经验体会，把文化贯穿其工作全程，形成了生动活泼的工作局面和队伍精神面貌，真的可以说，他们把工作做成了一首诗。

他们创造的很多新理念，确实值得借鉴推广。比如，他们每年推出一个价值主题，用以引导民警的思考，规定全体民警的行为。2012 年，是“自信、聚焦、行动、能力、仿效”。2013 年，则是“交警工作是科学研究，加艺术创作，加社会生活方式的改变”。2016 年，他们提出的口号是“向能力聚焦，为荣誉而战”。他们向每一名济南交警呼吁：“每一个人都有责任给团队带来快乐，留下经典的回忆”，提倡“能说，会写，懂点艺术，学点哲学”，做“自信、专业、有趣的交警”。他们甚至喊出这样的口号：“我们的工作在很大程度上就是‘玩’，大家一起玩出成绩、玩出健康、玩出友谊、玩出荣誉。”在这众多有趣而有哲理的提法倡导下，济南交警换了一届又一届领导集体，也换了一茬又一茬民警，但蓬勃向上的风气没有变，一曲雄浑有力的交警之歌始终唱响在济南的街头巷尾。

把工作做成一首诗，不是单纯地提倡玩乐，而是文化与工作的有机融合，是文化为工作、为队伍建设提供思想保障。把工作做成一首诗，更不是放松队伍的严格管理，甚至对一些苗头性问题视而不见，而是紧紧抓住民警的思想动态和成长过程，用文化滋养每一个人的身心。把工作做成一首诗，确实是值得每一位公安工作领导者和管理者研究和思考的课题，文化和工作的有机结合，文化在公安工作中的重要作用，早已不是什么新鲜话题，而是许多同志和许多单位在做并且做出了成绩的事情。如果此时有同志仍在观望，只能说明你的思想已经落后于形势。

把工作做成一首诗，也许从济南交警出名的那天起，这首诗就已经开始了创作。城市是纸，岗位是笔，纵横的道路就是诗的韵律，1997 年的高潮，属于济南交警，也属于全体人民警察，属于我们这支光荣的队伍。而今天这首诗已经是峰回路转，应该开始新的篇章了。

不再穿警服

大概读者朋友们都注意到了，最近我在“文化漫谈”栏目篇首的头像，已经脱去警服了。

年龄是最无法抗拒、无法逃脱也无法修改的人生原则。按冷酷无情的说法，人从降生的那一天起，就一步一步地走向了最后的归宿。退休，是终点前的最后一站，虽然没有售票员提醒你带好随身物品准备下车，你自己也知道，过了这一站之后的路途将走向哪里。

对于警察来说，退休这个人人必经的人生过程，大概最庄重也最恋恋不舍的，是脱下警服。从警察拥有执法权的角度讲，退休之后不再穿警服的规定是正确的，体现的是法律的严肃。但从文化和情感的角度说，脱下警服的那一瞬，是每一名退休警察的心灵失去归属的痛苦。

黑龙江省绥化市老民警张国森，扎根山区几十载，以忘我的精神勤勤恳恳为人民群众服务。就在他退休的那一天，他在睡梦中永远告别了他最爱的警服。后人说，他就是为这个职业而生的，所以他在结束职业生涯时离去。这种生理上难以解释的现象，也许只能用心理和文化的因素去分析。一个人和他的事业、他的工作联系紧密，切割开的时候，不能不是万般滋味在心头的感觉，不能不是难以割舍的痛彻心扉。

由此而言，警服代表的是一种文化，一种高于一般职业文化的文化。警服当然是职业的符号，但于警察来说，更是荣誉的象征和使命的标志。穿上这身警服，就象征着一个人的生命与国家荣辱、人民存亡有了密切的关系，就象征着你在任何危急关头都不再有退缩的权利，而你的肩头永远是沉甸甸的责任。警服的文化内涵，神圣而庄严，沉重而炽热，填充着的是热血和激情。

传说西装袖口处的三粒纽扣，是拿破仑为了制止士兵们用袖口擦鼻涕而下令设计的，现在，这纽扣已经是西装文化的一种标识，甚至成为文明的象征。服饰，永远是文化的内容，而像警察这样的职业，当然需要有各样的文化标志。警帽上的国徽，衣领上的警花，都有着各自的内涵，都默默提醒着穿上警服的人们，应该注意些什么。新中国的警服设计，已历经数代，每一次的更改，都有着重要的时代和文化气息。而忠诚的信念，却是亘古不变的灵魂。警服的厚重，正是因为它所凝聚的，是几代人民警察的精神。

近年来，随着公安思想政治工作的改进和加强，公安文化的地位和作用越来越受到重视，对于具备标志意义的装饰、标识、活动、仪式，甚至动漫设计，等等，各地公安机关都有尝试和创新。在电视上看过某地举行的隆重而肃穆的警察退休仪式，深沉的回忆，铿锵的誓言，交到下一代手中的锦旗和案卷，无不让我心潮澎湃，感慨万千。公安文化的繁荣发展，是公安工作的需要，是人民警察精神上的需求。很好利用充满仪式感的文化活动形式，是当下公安文化建设的重要内容和创新发展。

我退下来的这一个门槛，是在安徽省金寨县迈过的。这里是革命老区，红色是这片土地最鲜明的标志。在我的生命中算是重要的这一天，我们有幸在这里聆听了习近平总书记在纪念红军长征胜利 80 周年大会上的重要讲话。于我而言，这是重要的寓意，也是一种庄严的仪式。是在我不再穿警服的时候，为心灵注入的强大活力。

公安文化必须贴近公安工作

我做了几十年的公安宣传文化工作，参与策划和组织的公安文化活动数不胜数。在这些活动中，很多受到了基层民警和人民群众的欢迎，取得了良好的效果。但也有一些不太成功，不太受欢迎，甚至会被群众抵制。

这是为什么？为什么会有这样不同的结果？在每次活动的总结中，我们都会反思这个问题，也得出过各种各样的结论。但最近一次在云南楚雄的参观考察中，一个小小的细节却让我深受教育，使我更明确地认识到，公安文化活动必须贴近公安工作来考虑，来设计，来推动，否则，就会事与愿违，被我们的广大受众所无情否决。

楚雄州公安机关领导高度重视公安文化工作。在楚雄消防特勤中队的驻地，每层楼道都精心布置了文化环境，并且有着不同的鲜明主题。其中一面墙上挂着各种各样的绳索，并用图片和文字展示着各式索扣的打法。战士们可以随时照着说明进行练习和比赛。中队干部介绍，这是他们的首创，也是最受战士们欢迎的项目。这个并不复杂的设计，却让我们每一个参观者拍案叫绝，称赞不已。大家都说，这种把娱乐和工作紧密结合的小发明，实在是公安文化的大创造。

文化的传播，是由传播者和受众共同完成的过程。作为具有鲜明的职业特征的公安文化，当然要由公安文化工作者与接受文化熏陶的广大公安民警和人民群众来共同打造、共同分享。首先，火热的公安工作实践是缔造公安文化的基础和源泉；其次，公安文化工作者的创作要经受广大公安民警和人民群众的检验和接受。二者缺一不可。墙壁上的绳索，好就好在它的娱乐性和文化性直接来自消防工作实践，又在转化成娱乐项目之后直接为消防官兵们所接受并从中受益。这是个值得在消防部队推广的小发明，更是给我们深刻启迪的生动事例。

回想我们在文化活动的策划和组织中，真的有时会有意或无意地忽略了我们工作真正的目标和方向，忘记了我们的工作是为了什么、为了谁这样一个重要的问题。因此，我们的设计，我们的策划，我们的指导思想，有时会和我们真正的需求者之间有着或大或小的差距，甚至南辕北辙。这是我们的活动有时不太受欢迎的根本原因。最近，据说某地公安机关还把钢琴抬到街头，拍摄女民警弹钢琴的影片。我相信这样的宣传片画面一定是唯美而精致的，但民警买账吗？群众买账吗？这样的宣传与公安工作实践有关联吗？这样的问题，真的值得我们思考。

公安文化活动的开展，近来越来越受到各级公安机关领导的重视。但活动的策划和组织实在是一门学问，是需要我们认真研究和探索的。最根本的一点，是要真正瞄准公安工作和公安队伍建设所需，紧紧联系公安工作实践，有针对性地开展工作。在北京的一次重大安保活动中，某公安分局组织了一次别开生面的重温入党誓言活动。他们找出民警档案中泛黄的入党申请书，走上街头执勤岗位，在警车上与民警回首当年。每一名民警看到自己当年稚嫩的字迹和充满激情的语言，无不热泪盈眶。这样的活动，是公安文化的推进，更是生动的忠诚教育，是有力的思想政治工作。它的思想内涵，直指公安文化的精神核心。

这样的文化活动，效果已不仅仅在活跃警营，更在塑造灵魂。

公安文艺需要理论支撑

前不久，在陕西省西安市召开了李元博同志专著《书法美学解析》研讨会，书法界众多专家学者对这部由公安书法家潜心创作的书法理论著作，给予了高度评价。

我在这个会上作了简短发言，以我的粗浅见解，肯定了这部著作的三点成就。一是就李元博同志本身而言，是他一生艺术追求的一个巅峰。元博同志从部队到警营，再到任职领导干部，始终孜孜不倦地在书法艺术上刻苦钻研，遂成如此大作。二是就书法艺术理论体系而言，引进西方美学观点，解析中国传统书法艺术，也是一个开先河的壮举，是令人耳目一新的理论创新。三是就公安文艺理论研究工作而言，更是具有重要意义。因为我们过去的公安文化理论研究，往往偏重文化的发展方向和路径，而在公安文艺各门类的创作规律上研究甚少，更谈不到有针对性的文艺批评。元博同志在书法领域里的深入研究，在这一方面，有着重要的示范意义和作用。

从发展上说，就公安文化的历史脉络、发展现状和未来趋向进行总揽全局式的研究探讨，当然是必要的，是在公安文化的成熟发展期对其路径的明确与研究，是夯实基础的重要工作。但是有意或无意地忽略了艺术规律的研究，忽略了对具体作品的批评，是不应该的。随着公安文化事业的发展进步，公安文艺的创作越来越呈蓬勃之势，这方面的研究与批评就更显重要。方向性的研究如果可以比喻为植树造林，那么艺术门类的创作研究和批评就是育林过程中的浇水除草、剪枝打药。特别是在大方向明确之后，把方向性的共识转化为对艺术创作的直接指导，用成熟的理论来支撑各门类公安文艺的创作，这是推动公安文艺继续繁荣发展的重要环节。

艺术是一种永无止境的追求过程。在我们与广大公安文艺创作者和爱好者的交流中，常常会听到他们诉说在这个过程中力不从心的苦恼，也会了解到他们对于学习充电的渴望。全国公安美术家协会与天津美术学院连续举办的六期美术创作培训班，期期报名踊跃，座无虚席。而几年前我们与鲁迅文学院联合举办的公安作家研修班，至今已经看到明显的效果，学员们的作品在参加学习后普遍有了质的飞跃，不少人已成为当下公安文学创作的中坚力量。事实已经证明，有针对性的艺术规律研究和普及、辅导，是公安文艺创作不断出成果、出人才的必备条件，更是今天创作实践中的当务之急。

抓好文艺理论培训，当然是公安文化主管部门和文艺组织工作的重中之重。而努力学习掌握和研究文艺理论，更应是每一名公安文艺工作者和爱好者的自觉行动。如李元博同志，从喜好写写画画，到研习书法艺术，再到对书法理论产生浓厚兴趣，广泛涉猎，刻苦钻研，著书立说，这种在艺术上锲而不舍的进取精神，值得我们大家学习。

过去有句老话，叫“干一行，爱一行，钻一行”，是对职业意识的一种诠释，也是我们当下提倡的“工匠精神”的一种注解。热爱艺术，从事艺术创作，当然要刻苦钻研，倾心而为。特别是公安文艺创作，既要遵循文艺的普遍创作规律，也要研究和掌握其具有强烈公安色彩的独特规律、意识、价值取向与艺术特征。真心希望在我们的文艺创作队伍中涌现更多既能创作优秀作品，又富理论研究水平的公安艺术家，也希望我们的公安文艺研究与批评，在公安文艺创作的大潮中刮起一股清风，形成一派清流，为公安文艺创作增添绚丽色彩。

欣慰的遗落与寻找

冰心散文奖是由中国散文学会主办的奖项，在散文界享有很高的声誉。前不久，第七届冰心散文奖获奖名单颁布，有三位公安散文作家的作品榜上有名，实为可喜可贺之事。消息报道出去，我即收到一条微信，有朋友告诉我，其实还有一位公安作家的作品获奖，而我们得知的消息显然有了遗漏。办公室的同事为此而感慨道：也开心也不开心，开心的是又有一位同志获奖，不开心的是有那么多优秀文艺人才我们还不掌握。

这位同事说出了我们的心里话。因为作为全国公安文化建设的组织工作者，在全国200万人的公安队伍中，每每能有一名公安文艺人才脱颖而出，取得成绩，都是我们最高兴的事情。就像一名园丁，在厮守而辛勤耕耘着的园林里，看到一朵鲜花绽放时的那种心情。

这篇被我们遗落的获奖散文，名为《买书的记忆》。作者童戈，本名童贤臣，是四川省广元市公安机关的一位老作家。老童其实是我的老朋友了，20世纪八九十年代就有来往。但他一向朴实憨厚，为人低调，远离尘嚣万丈的俗世，久而久之，我们之间的联系就成了一丝若离若即的牵挂。说实话，君子之交淡如水，有时真的不是有意为之，而是我们在世俗中的一种妥协。

就这样，核对获奖名单的年轻同志当然不认识老童，自然也就忽略了。而老童获奖的故事告诉我的，却是一种超越友情的思考。公安工作需要文化的力量，人民警察需要文化的浸润，在庞大的公安队伍中必须要有一支文艺轻骑兵，不是自生自灭的点点星火，而应是忠诚旗帜下集合起的一支铁军。公安文化事业，人才是关键，是基础，是一切成功的前提。

全国公安文联成立 12 年，在大家的共同努力下，公安文艺人才队伍如同滚雪球，越来越壮大，越来越活跃，像老童获奖这样的故事，也就时时会有发生。我们在自发投稿中偶然发现了云南省凤山县普通民警王晓琳的文学评论作品，我们在微信群里终于找到了优秀儿童文学作家筱枫……连续三期的鲁迅文学院公安作家班，更使众多的公安文学人才从默默无闻中走向了公安文化建设的前台。寻找人才，如寻找瀚海里的珍珠，于我们来说，是工作中的重要职责。今天，令人钦佩的老童，在多年默默的勤奋耕耘后收获了大奖，虽然因为我们的失误留下了一丝遗憾，却也给公安文化事业带来了更大的欣慰。

公安部组织的“公安文化基层行”文艺小分队，至今已经走过了十年路程。十年风雨一路歌声，小分队给基层公安民警持续不断地送温暖、送文化，已经成为公安文化事业中的一个知名品牌，所到之处受到了基层民警和广大群众的热烈欢迎。

小分队的演员们，其实大都是基层民警，小分队就像一块磁铁，把他们一个一个地从基层吸引出来，选拔出来，让他们展示才华，展示自我，让他们从此走向自己新的人生轨道。我总以为，“公安文化基层行”文艺小分队，不仅是公安文化的传播者，也是培养锻炼公安文艺人才的学校与熔炉。小分队的勃勃生机，就永远蕴藏在公安基层的文化热情和文化积淀里，蕴藏在每一个公安文化人才的心底。

发现人才、保护人才、使用人才，就此成为公安文化组织工作者的责任。关于老童的获奖信息被遗落，也就因此而给了我们一个教训和一个提示：做我们这项工作的人，要永远保持着热情，保持着诚心，保持着对职责的热爱。

就此祝贺我的老朋友童戈获奖！也就此希望更多的公安文艺人才脱颖而出，尽显风采！

笔墨

写有魂魄有气势的文字

因为最近喜读散文，所以有些关于散文，其实也关于所有文字的闲话，想说一说。

这些年全国公安作家写散文的不少，也涌现出一批优秀的散文家和散文作品。如新疆兵团公安局的张新军、天津市公安局的谢沁立、甘肃省成县公安局的郭海滨（蝈蝈）、山西省太原市公安局的韩媛、重庆市公安局的吴明泉、广东省汕头市公安局的林颖辉，等等。2015 年，黑龙江省绥化市公安局的女民警韩秀媛，以一篇《心中有座百草园》勇夺由中国散文学会主办的散文大赛一等奖，为公安散文界争得了新的荣誉。

其实，在专门以散文为主要创作文体的公安作家之外，很多公安作家在写小说、写诗歌之余，也创作了不少优秀散文作品。如著名公安诗人艾璞，他的长诗《民警王法金》是公安诗歌中的名篇，但他也写散文，而且写得很好。而我以为更值得研究的现象是，几乎所有刚刚踏入文学门槛的基层公安文学爱好者，都是从散文创作开始起步的。

这就不能不使我思考，为什么公安作家多写散文？就公安作家而言，散文的魅力在哪里呢？

查《辞海》的解释，“中国六朝以来，为区别于韵文与骈文，把凡不押韵的、不重排偶的散体文章，包括经传历书在内，概称散文”。由此看来，散文在中华文化的悠久传统中，是早就确立了自己的地位的。从先秦时期的诸子散文，到两汉时期的“汉赋四大家”、唐宋时期的“唐宋八大家”，直至近现代的鲁迅、朱自清、梁实秋、冰心、魏巍……数不清的散文大师，在中国文坛上灿若群星。散文以其“形散神聚、语言优美”的文学特征，赢得了广大读者的钟爱。而我以为，散文那种自由奔放、直抒胸臆、坦荡胸襟、探寻哲理、短小精练的鲜明特色，更是打动读者心灵、让人手不释卷的缘由，也是让公安作家和公安文学爱好者偏爱散文创作的重要原因。

众所周知，公安民警承担的工作压力和生活压力都是超出普通人的想象的，他们在其中的牺牲奉献更是常常不为人知。在这样的重压下，文学是舒缓压力、洁净心灵的最好方式，也是树立和培养人民警察核心价值观，塑造人民警察良好形象的重要渠道。这些话，平日每每见于报告和文件，似乎枯燥而生硬，而我们的公安文学作家和文学爱好者们，却找到了散文这样一种最优美、最丰富、最浪漫、最阳光，也最便捷的抒发方式。

也许，身处反恐一线的新疆兵团公安局散文作家张新军，他的一段文字更能表达出公安散文作家们的心声：当我在深夜创作的时候，窗外回响的是警笛的呼叫；桌子上放着的，是微型冲锋枪。我就在这样的环境里，抒发我的情感！

在公安散文作家们的笔下，爱情更令人依恋，家乡更令人追怀；战友情更加纯厚，父母恩更加深重。窗边的一盆绿色，可以联想到祖国的山河；枕旁的一册新书，可以展望未来的愿景。刀光剑影中的拼杀，更是可以化作高亢的凯歌，金钟大吕般地奏响在行进的队列中。确实，散文是最直接的文字样式，在公安作家手里，它也许就像我们手中的短兵器，是我们与命运和生活搏斗的利刃，可以把我们的感怀抒发到极致。

也正因为如此，我以为，公安作家们的散文作品，难得的是都有一种魂魄在。这种魂魄，是使命根植在我们心底的，是血汗和泪水浇灌而出的，是在磨砺与呵护下养成的。在我们心中，硬的如钢，软的似水，血与火锻造而出的，就是这一缕忠魂。

当然，目前公安散文的创作还存在不足。我们与散文创作整体发展趋势之间的差距，也还比较明显。当下散文，格局越来越宏大，形式越来越多样，而文化气息越来越浓厚，哲理性也越来越强。在这方面，余秋雨、张承志、梁衡等大家都有值得我们借鉴的地方。而我们的散文创作，大抵还徘徊在小情感、小故事、小感悟上，突破性和深刻感不够。但值得欣慰的是，我们有些作家已经在这方面开始了有意识的尝试。为此，我衷心希望我们的公安散文作家迎头赶上，创作出气势恢宏、思想深邃的大作品！当然，更重要的是，我们的文字不能失去我们的魂魄，不能失去我们的忠诚所发射出的光彩，不能把我们手里的文字武器，化作花前月下云淡风轻的靡靡之音。我们的文字，还是要有魂魄，有气势。

为公安文学开辟新的战场

年前，全国公安文联召开了全国公安网络文学创作座谈会。这是我们第一次关注到公安网络文学的发展。小小的一个会议，应该说纠正了我许多过去有失偏颇的认识。

首先是对所谓网络文学的认识。过去总以为网络文学鱼龙混杂，除去穿越、玄幻没什么正经内容，现在才认识到网络文学不仅已经有了轰动全国的《甄嬛传》、《山楂树之恋》和《匆匆那年》，还有了大量严肃的公安文学作品。如刘鹏（雷米）的侦探小说《心理罪》，也是拥有众多粉丝的佳构。其次是对网络文学创作者的理解，特别是公安网络文学作家们。座谈会上，他们那一句“出于对文学的热爱，出于对自己职责的尊重”的创作感言，使我深受感动。最后，对公安网络文学的发展方向有了新的感受。不再仅仅是想着管理和引导，而更多开始考虑发展，考虑让公安网络文学能够振翅腾飞。

公安文学，有着和其他文学流派不同的特点。当然，以职业划分文学，一直有人认为并不科学。但我以为，在中国，这种划分却也是体现着中国特色的一种文学现象，有其存在的合理性。特别是军旅文学和公安文学，它们各自不同的创作特点，它们各自不同的文学理念，其实真的各有与众不同之处，并且逐渐形成了自成一家的文学体系。特别从公安文学创作来说，其独特的战斗性，是我们不能忽略的文学品质。

确实，公安文学是具有战斗性的。这不是一个极“左”的口号，也不是什么狂热的自恋。公安文学的战斗性是由它的本质、它的内涵和它的服务对象所决定的。既然是公安文学，既然是公安火热斗争生活的文学反映，那它就必然不是软绵绵的吴侬软语，不是轻飘飘的花前月下。看看最近的几部优秀公安题材影片吧，《白日焰火》、《烈日灼心》、《解救吾先生》，哪一部不是直面人生，直面社会，揭露黑暗，讴歌光明？因此，把公安文学搬到网络上，它仍是公安文学，它仍是“正义战胜邪恶”这句话的艺术解释。

有人反对文学本身的教化功能，但文学的教化功能是天然的，是人类进步的必然反映。我们要研究的是这种教化功能的最大发挥，换句话说，是它的艺术性的提升。好的文学作品必然是寓教于乐的。说到网络，这种特性就更为突出。在座谈会上，公安网络作家们一致谈到，网络阅读门槛低，其阅读群体低龄化，所以公安题材杀进网络必然要在保持主题正确的前提下加强它的娱乐性。这确实是一个需要我们认真研究的课题，也是一个不容我们不研究的课题。

娱乐化和保持战斗性其实并不矛盾。我们的公安网络作家正在为此而孜孜不倦地探索。

据统计，2015 年十大网络剧评选，其中有三部是公安题材作品，分别是《心理罪》、《暗黑者 2》、《他来了，请闭眼》。这三部剧作其实也是由三部脍炙人口的网络小说所改编。十分之三的比例，已经告诉了我们，网络是公安文学创作的一个新领域，一个全新的广阔天地。这也是件好事，它表明公安文学面临着一个新的机遇和挑战，要提高公安网络文学的质量，保持它的战斗性，加强它的娱乐功能，创作出更多更好的公安网络文学作品。

公安作家吕铮在座谈会上说：网络其实就是件工具。话虽简单，却有深意。是的，工具是要被人所掌握的，网络文学的属性其实仍然是创作者的属性。吕铮的话还蕴藏着一股锐气，那就是公安作家们那种不服输的勇气和力量。从这个角度上说，我们关注公安网络文学，推动公安网络文学，就是要为公安文学开辟一个新的战场，要在纷杂凌乱的网络上，奏响公安文学的铿锵之声。

综观当下的网络文学，虽然仍然有许多不如意的地方，但大浪淘沙，泥沙俱下，正是优秀文学作品破壳出茧之时。公安文学此时不在网络上亮剑，更待何时。小小的一次座谈会，给我的感受却是极深的。

先进文化更需要创新

公安部春节晚会曾经在中央电视台连续播出了十九年。十九个大年初二的晚上，公安战线的晨钟暮鼓，都会在人们耳畔唤起某种记忆，把警与民的心紧紧地贴在一起。今年，《忠诚的足迹——2015 公安年度特别节目》以一种全新的面貌登上央视屏幕，观赏之后，感触颇深。

文化是需要不断创新的。创新与继承，是文化前行的两个要素，创新的基础是继承，继承是为了更好地创新，而创新是文化发展的主动力。我们仅仅从电视春节晚会的发展轨迹上，就能看出创新发展的重要。1983 年，首台中央电视台春节晚会播出，那仅仅是台联欢会式的文艺演出而已。在受到普遍欢迎之后，央视春晚逐年扩大规模，不断创新发展。各地电视台也八仙过海各显其能，在春节期间展开了晚会大战。这几年，尽管春晚已经成为永不满足的观众们“吐槽”的目标，但谁也不能否认创作者们绞尽脑汁的努力。2011 年，随着网络的普及又有了中央电视台网络春晚。在每年那个阖家团圆的喜庆之夜，边包饺子边看春节晚会，已经成为中国人新的过年方式。

公安春晚也是在公安工作不断创新发展的过程中应运而生的，是公安文化的一个重要品牌。和其他春晚不同的是，公安春晚从诞生的那一天起就承担了“向人民报告”的重要职责。它鲜明的特性，来自于这一年公安工作的艰辛；它激昂的旋律，来自于这一年公安队伍的奉献。它的艺术基调，不一定让人笑得前仰后合，却一定会让你感动得热泪盈眶。不一定让人为演员的精彩表演拍案叫绝，却一定会让你对公安民警心生敬意。公安春晚的独特魅力，在于“接地气”，在于“顺民情”，在于“万家灯火平安夜”的美好祝愿。

今年的《忠诚的足迹——2015 公安年度特别节目》，在多年公安春晚的基础上，顺应时代发展，响应中央号召，摆脱传统晚会的窠臼，以饱满的激情和崭新的形式，将去年的公安工作成就，做了全景式的介绍和诠释。从文艺创作规律角度说，也做了大胆的创新，值得为之叫好。

突出讲述故事的形式，加快节目转换的节奏，大量使用富有冲击力的视频，创新的手法使整个特别节目紧凑、完整，主题鲜明。这不禁使我在录制现场就萌生出一个感触，那就是：先进文化也需要创新，先进文化更需要创新，创新是先进文化体现其先进性的必然保证。

曾几何时，有一些人不太注重先进文化的创新。以人们熟悉的“主旋律电影”为例，几乎每年，都有一些冠以“主旋律”的作品在艺术上遭遇惨败。究其原因，恐怕是许多人错误地把“主旋律”作品等同于“领导指令”、“单位包场”、“小众艺术”了。甚至说得更直白，他们追求的是拿公家的钱积累个人的成绩，完全忽视作品的社会效果，忽视在艺术上的精益求精。这样的所谓创作，实在为人所不齿。

值得欣慰的是，在“主旋律电影”的创作中，公安题材影片也创造了骄人的成就。从早年的《民警故事》，到后来的《缉毒警》、《神探亨特张》、《警察日记》，公安题材主旋律影片屡创佳绩，甚至在各种国际电影节上也昂首挺胸，夺得奖项。这只能说明一点，是公安队伍的灵魂在其中起到了“定海神针”的作用。而在此基础上的艺术创新，就有了正确方向和基本遵循，也铺陈开了广阔的施展空间。让我们回头再看《忠诚的足迹——2015 年度公安特别节目》，也完全证明了这一点。艺术的创新，为先进文化的再上层楼，筑牢了基石，打造了阶梯，提供了展翅高飞的能力。

还值得一提的是，这台特别节目的主创人员，以我们公安队伍自己的文艺工作者为主。经过多年艺术锤炼和经验积累的他们，和社会文艺工作者最大的不同，在于他们和自己的职业同呼吸共命运的使命感，也在于他们内心积聚的强烈的艺术追求。他们渴望创新，他们勇于创新，他们在自己的创作实践中融入的，既是文艺战士更是公安战士的荣誉感和自豪感，也是他们旺盛的创作欲望和坚强的创新意志。

因此，我们值得为这台特别节目叫好，更值得为我们这支队伍，为我们的创新意识，点赞！

公安题材小说要讲好警察故事

偶然一个机会，我利用半天的时间连续读了范玉泉同志的四部小说作品：三部中篇《美女如云》、《贪食蛇》和《爷爷》，还有长篇小说《战士们》。

作为读书者，如此快速阅读只可能是两种情况，一是碰到了好作品，欲罢不能，不忍释卷；二是相反，手头的作品读来味同嚼蜡，却出于某种原因不得不读，只好匆匆翻过。范玉泉，云南边防总队宣传处处长，就他的作品来说，当然是前者，应该说是给我的一个惊喜。事后和朋友聊起他来，我认为：范玉泉的小说，意义不仅仅在于公安边防文学创作，对公安文学的整体发展来说，也是一个标志。

公安题材小说历来被认为是公安文学这个大家族中的核心成员。当然，从受众角度说，影视作品影响更大，但影视总被认为是文化与商业嫁接的混血种，在传统意义的文学范畴内，有点儿另类的感觉。而小说不同。小说在中国文化体系中有着悠久的历史和纯正的血统，历朝历代优秀作品灿如群星。四大名著人人皆知，我们略过不提，仅从上古的《山海经》，到东晋干宝的《搜神记》，以至后来知名的《世说新语》、《聊斋》、《三言二拍》、《儒林外史》、《官场现形记》，等等，好小说层出不穷。中华民族历史厚重，可供作家们演绎的东西太多。时至今日，尽管人们不停地在说图书市场今不如昔，尽管电影电视已呈洪水猛兽之势，中国每年出版长篇小说仍达数千部，“茅盾文学奖”仍然是中国文学界最重的奖项，小说仍然无可争议地占据着文学领地的中心。因此，同样地，公安题材小说也在公安文学的创作中占据着最重要的地位。

随着公安文化事业的繁荣发展，我们现在已经有了一批优秀的中青年小说作家，他们把公安题材小说创作提升到了一个新的高度。吕铮、李小重、刘少一、李春良、程琳、孙学军、张国庆、张遂涛、杨亚玲、牛筱刚……这个名单可以列得很长，他们用多姿多彩的小说作品撑起了公安文学的天地。

现在，又有了范玉泉的佳作。他的小说，直接从基层边防战士中汲取素材，以饱满的热情和真挚的情感描写战士的工作和生活。我之所以称他的作品为公安文学的标志，是因为和其他优秀公安作家一样，“接地气”是范玉泉最鲜明的文学特征。和吕铮写活了公安预审员、李小重写活了铁路民警、张国庆写活了天津地面儿上的老警察一样，范玉泉写活了那些纯朴、憨厚、坚韧不拔的公安边防战士。

常说小说是语言的艺术。用语言营造氛围，用语言讲述故事，用语言塑造人物，用语言阐述道理。但语言不是空的，语言必须用扎实的故事与人物充填。换句话说，语言必然在有鲜活故事和鲜明人物时才能充分发挥出作用，否则就是无源之水，无根之木，甚至是空洞的无病呻吟。中国古典小说的优秀传统，就是讲好故事和塑造好人物。而当下公安题材小说的优势，也在于继承和发扬了中国小说的传统，讲出了层次鲜明、内容丰富、构思巧妙、活灵活现的故事，并且在其中塑造出了众多有性格特点的人物。以故事带出人物，以故事塑造人物，以故事树立起人物的高大形象，公安题材小说的迷人之处就在于此。

如范玉泉的《美女如云》，故事背景放在一片高原无人区中的边防哨所，故事主人公是三名在哨所里过着寂寞、枯燥、艰苦生活的边防战士。怎样讲好这样一个似乎没有内容的故事？范玉泉巧妙地用两条分别叫作“美女”和“如云”的可爱小狗串联起琐碎生活细节，把故事讲得妙趣横生，而且感人至深。人和狗的感情，是艰苦生活的点缀，更是映衬人与人感情的最好折射，是战士苦中作乐的精神境界的表达。这是讲好故事的技巧，更是作者挚爱战士的情感抒发。

由此可见，讲故事要有感情，讲好故事更要有感情。发好公安声音，讲好警察故事，是公安部领导对公安文学创作的要求，也已经成为公安文艺工作者们的座右铭，我们都在为此而不懈努力。而要真正做到这一点，我们都要满怀着对战友、对事业的那一片深情。

从公安小品谈深入生活

春节期间闲来无事，连续看了几台电视晚会，在艺术感觉上颇有疲劳轰炸之感。这一段重新进入工作状态，于窗外草木初见新绿之时，却突然有了些感受，不禁想起几部公安题材的小品佳作，觉得有些话可说。

小品，据说最初不过是戏剧院校的学生做表演练习的一种即兴方式。还是依托了电视晚会的强大传播力量，小品才逐渐成为一种群众喜闻乐见的艺术形式。凡能成为独立的艺术品种者，大抵应该有以下几个特征：有鲜明的主题思想，有完整的故事表达，有独特的艺术呈现，等等。这样看来，小品是可以称为艺术的，也已经被观众接受。据说理论界还有争论，但其声音已淹没在了小品带来的笑声里。可见艺术能够有生命，完全在于受众。

小品多是喜剧，这当然是受到欢迎的重要原因。但事实也证明，只是单纯逗笑的小品，也必然是个短命鬼，终不如有思想内涵的作品能够受到观众长久的热爱。这就想到公安小品《东边日出西边雨》了，一个写女民警和她的男家属的欢喜故事，随“公安文化基层行”文艺小分队在全国各地巡演数百场，在欢笑中带出的民警牺牲奉献精神，让全国观众动容。最后，小品演进了人民大会堂，演进了中央电视台，成为公安题材文艺作品中的经典。《东边日出西边雨》的成功，是很值得我们好好研究的。

公安小品有一个显著的特征，那就是紧贴公安工作实践创作。小品《一网打尽》，就是反映打击电信诈骗的，用活泼的艺术形式告诉观众许多应该掌握的防骗知识。小品《在路上》，是写全国公安机关“清网”行动的，那个在除夕夜晚追捕逃犯的女刑警队长形象，鲜明地表现了全国公安机关数不清的追逃民警，为人民利益忘我工作的感人事迹。有人说，如果把历年公安机关创作的小品节目串联起来，那将是一部公安工作的快乐编年史。我认为这种说法并不为过。优秀的公安小品节目，于欢乐中见真情，于片段里说信念，于短短的十几分钟内浓缩公安工作和公安队伍建设的魂魄，确实是源于生活高于生活，以艺术的形式呈现了生活的真实。

习近平总书记在文艺工作座谈会上的重要讲话中，多次强调了文艺创作要深入生活的问题。他以著名作家柳青为例，“柳青为了深入农民生活，1952 年曾经任陕西长安县县委副书记，后来辞去了县委副书记职务、保留常委职务，并定居在那儿的皇甫村，蹲点 14 年，集中精力创作《创业史》。”习总书记指出：“文艺只有植根现实生活、紧跟时代潮流，才能发展繁荣；只有顺应人民意愿、反映人民关切，才能充满活力”。

在习总书记的号召下，“深入生活扎根人民”正逐渐成为广大文艺工作者的自觉行动，也成为中国文艺界的创作主流。但是，“深扎”是不是就一蹴而就了？也未尽然，从目前的小品创作看，我们还有很长的路要走。当下一些小品，还徘徊在脱离生活的状态中，闭门造车，图解概念，内容贫乏。故事不够，就用唱、用跳、用喊叫、用网络语言来充数，制造出一些低级而无趣的笑料。这样的小品，实在不敢恭维。

其实生活里有的是丰富而独特的素材，就是要看创作者是不是真的深入到生活当中去汲取营养。现在我们有些文艺工作者，恐怕还陷在一种茫然的状态里，想深入生活，却习惯了坐在屋子里冥想。这其实还是没有和人民群众达到情感上的交融，没有把“深扎”变成当年柳青先生那样的自觉行动，没有如习总书记所说的：“不仅要‘身入’，更要‘心入’、‘情入’”。

说到此，又想起一部公安题材小品，叫《两双鞋》。刑警出差办案数月，深夜回家发现房门外有一双不是自己的男鞋，由此引出一系列的误会。最后，真相大白，原来刑警的妻子也是警察，有紧急任务也出差了，来不及和丈夫联系。独自在家的小女儿出于害怕，和邻居叔叔借了双鞋摆在房门外……喜剧的架构，却充满了温馨的泪水和感人的结局。这样的故事这样的细节，恐怕坐在屋子里是编造不出来的，而没有和剧中人融合在一起的深厚感情，更无法引起观众的共鸣。

纸上的情人

最近喜读诗，尤其偏爱那些短小精练的诗章。如田湘的《田耳的外婆》："田耳嗜书如命/两万册/存放在自己的书屋/从不外借/除了他自己/也没有人读过它们/当然，有个人例外/经常过来翻弄他的书/这人就是他的外婆/一位九十四岁的文盲。"再如侯马的《老警察》："他的妻子一生喋喋不休/他最终只好选择沉默/那绝望的女人/无计可施/逢人便讲/这老头儿小脑萎缩/他默默地忍受这污蔑/嘴角浮着孩童般的笑。"

我曾经在一篇评论中做过一个有点儿武断的结论，我认为在小说创作中，属微型小说的创作难度其实最大。在诗歌创作中，我认为亦然，短诗是很考验作者功力的。上面所列举的两首佳作，均篇幅短小，却是有韵味，有深意，有人物，甚至有故事，有人生的沧桑。一位九十四岁的文盲老太对书籍的崇敬，一位辛劳一生的老警察对妻子的忍让，叠加在一起的，浓缩在一起的，该是多少风风雨雨坎坎坷坷。

古人讲，诗言志。而现代诗歌的发展已经更加丰富更加多元。在抒发情感、表达志向的同时，诗歌承载了更多的元素。

读者在读诗的时候，引发的共鸣也更复杂更缤纷多彩。诗歌在今天有了更多的拥趸，诗歌创作整体繁荣，是与诗歌创作的丰富性分不开的。

中国是诗的国度，中华民族的生长史和发展史有诗歌永远相伴相随。其实有史可查的中国第一首诗《弹歌》，也是仅仅有八个字的短章："断竹，续竹；飞土，逐肉"，却是完全可以让读者联想出旌旗遮日、尘土飞扬、战马嘶鸣、猎物狂奔的壮观景象的。其中猎手的精悍，也可在读者脑海中呼之欲出。诗歌就是一种需读者和作者共同用想象力来完成的文学样式，它用语言的运用、节奏的把握、氛围的营造和暗喻的设置，充分调动每一位读者的大脑，引发出因人而异的丰富想象，达到愉悦身心的目的。诗歌是奇妙的，诗歌是多变的，诗歌是无止境的延伸，是无局限的扩展，是艺术王冠上色彩斑斓的一颗明珠。

当代诗歌发展迅猛，当代公安诗歌也乘此东风，在诗歌的高原上，努力攀登着属于自己的高峰。其实公安诗歌和诗歌的所谓界限是模糊的，是不确定的。正是这种模糊和不确定，使公安诗歌的艺术品位和中国诗歌的整体水平无缝对接，使公安诗歌能够更好地融入中华诗歌的大潮，在保持公安特色的前提下，在诗歌的潮汐里自由地呼吸。

我在本文开篇引用的两首诗，都是公安诗人的佳构。本文的标题，也来自一位公安诗人的作品。纸上的情人，是公安诗人对诗歌的钟情，是公安诗人对诗歌的礼赞，是公安诗人与诗歌那难解难分的缘分。

著名诗歌评论家李犁先生在为《全国公安实力派诗人丛书》作序时指出："对诗歌的热爱是他们内心永远亮着的情怀，情怀推进着他们的写作，也提升着他们的灵魂。正因为有了情怀，写诗对于他们来说，不仅是搭建一个艺术的金字塔，更是对人类精神和灵魂的建设。"这一段话，也许适合所有诗人，但更适合公安诗人，诗歌的情怀与公安的情怀是那样契合，都为生命歌唱，都为祖国歌唱，都为灵魂歌唱，都为我们最坚定的信仰歌唱。哪怕是一段简洁的乐章，也是心弦的拨动。

公安诗人田湘，为人豪爽热情，最爱在朋友席间用他那广西味儿的普通话朗诵自己的诗。朗诵最多的，是他的知名作《嘣螺蛳》："从此，每晚你都让我带你去嘣螺蛳/我也总是乐此不疲/但我从未告诉你/这就是我的初恋。"也是一段小故事吧，是无疾而终的爱情？而我们从中体会的，却是诗人心底的炽热。

撕扯不清的孪生兄弟

标题所言的“孪生兄弟”，其实指的是公安题材小说和侦探推理小说。

曾经有一个流传很广的小笑话。说的是一位母亲为她的孪生儿子洗澡，洗完老大洗老二，都洗完了之后见两个儿子坏笑，便问他们笑什么，二儿子说：妈妈，你给哥哥洗了两遍，而我还没洗呢。这笑话虽然夸张了些，但在孪生兄弟间，类似的啼笑皆非可并不少。

公安题材小说和侦探推理小说似乎也是如此的扯不断理还乱，让人很难分辨。全国侦探推理小说大赛举办了六届，这个问题仍然没有撕扯清楚。翻看获奖作品名录，公安题材小说有之，侦探推理小说有之，二者特征兼备的“混血儿”也有。有人为此耿耿于怀，认为应该坚决彻底地把这个事儿搞明白，公安题材是公安题材，侦探推理是侦探推理，必须泾渭分明，井水不犯河水，也就是说，孪生兄弟应该分家。

公安题材小说和侦探推理小说的撕扯不清，应该算是中国特色。在中国，以描写对象来界定文学作品是一种约定俗成，如工业题材、农村题材、知青题材，等等。公安题材也是如此。这种划分不能说没有它的道理，但粗放而片面，不可能准确而单纯地从文学意义上表述其内涵。譬如说作家写了一场轰轰烈烈的爱情故事，难道仅仅因为主人公的身份是工人或农民就界定为工业题材或农村题材吗？显然是不科学的。公安题材小说和侦探推理小说也是这么被搞糊涂了。在中国，侦查办案的主体是公安机关，是人民警察，于是中国侦探推理小说也就顺理成章地被认为是公安题材小说，或者说是其中的一个组成部分。我说它们是“孪生兄弟”，其实也不够准确，在人们看来，它们更像是你中有我我中有你的“混血儿”。

现代侦探推理小说是一种源自西方的独特文学样式。它和公安题材小说还是有区别的。公安题材小说，以公安人员和公安机关的工作、生活、情感为主题，并由此深入更深更广的社会层面，其中涉及的案件一般只是为人物的活动提供一个背景和舞台，对于案件侦破中的细节，特别是分析推理过程不涉过多的笔墨，作者更不会在其中进行更多更精巧的设计。而侦探推理小说作者注重的则是故事的设计、悬念的组织、神秘氛围的营造。换句不完全准确的话说，公安题材小说是事件跟着人物走，而侦探推理小说更多的是人物随着事件的发展而发展。读者在侦探推理小说中更多体味的是那种剥茧抽丝式的分析、推理、解谜过程，获得一种智力游戏般的快感。

说到这儿，读者也许会认为我是在推崇将公安题材小说和侦探推理小说严格区分开的观点，其实不尽然。我个人始终认为，文化领域里的交流、融合、嫁接也是一种优胜劣汰的生态法则。我们在理论上可以也应该明晰公安题材小说和侦探推理小说的区别与创作规则，但我们在实践中却应该允许和提倡任何新的尝试和探索，包括借鉴西方侦探推理小说的创作手法来进行公安题材小说的创新。作为公安文学的实践者，我们应该有创建中国特色侦探推理小说流派的志向，也应该把公安题材小说写得更加丰富多彩。

“孪生兄弟”不应该继续撕扯下去，而应该继续紧密携手。我们都知道，在生物界里杂交是一种优势，在文学领域其实也应该如此。土壤和雨露，坚守和接受，是前进的两面，是成长的必需，是一棵参天大树、一片茂盛森林的生命所在。

艺术之路没有重复

最近遇到一件有意思的事，一位警察作家朋友送了我一本他翻译出版的美国作家亨利·戴维·梭罗的著名散文集《瓦尔登湖》。我一方面非常赞赏他的英语水平和他的艺术鉴赏力，另一方面也暗暗惊异他为什么选择了这部名著来翻译。

说起来，好像也没什么值得惊异的。《瓦尔登湖》是一部享誉世界的文学作品。亨利·戴维·梭罗（1817—1862），是19世纪美国最具有世界影响力的散文作家、诗人。他一生热爱自然，对工业文明对人性的侵蚀充满忧虑。1845年，他独自在瓦尔登湖畔的森林里建造了一座小木屋，居住了两年多，过着自食其力的生活。之后又根据这段生活的感悟创作了散文集《瓦尔登湖》。他那优美的笔触和对自然细致入微的观察，都切合了当今社会人类对自然世界的向往，《瓦尔登湖》也自然成为了持续走红的畅销书。从这个角度说，翻译这样一部书似乎是顺理成章的事情。

我的惊异其实还是来自于翻译者对这部书的选择。准确地说，是因为在他之前，这部书至少有六部中文译本，翻译者中不乏大家，如创作过著名报告文学《哥德巴赫猜想》的著名作家徐迟。在网络上查这部书的翻译情况，居然有许多网友认为徐迟老师的翻译还不是最好的。见仁见智，网上居然还就此有着争论。

这个现象就有意思了。为什么有那么多人翻译这部书？为什么我的警察作家朋友也要在这个热闹的争论点上留下自己的痕迹?

首先，当然因为这是部好书。《瓦尔登湖》的艺术价值是公认的，它对各个国家各个人种的读者都具有强大的感染力。所以，有那么多的人去读它，也有那么多的人在被感动之后禁不住要去翻译它。其次，《瓦尔登湖》的文字优美、精练，但也复杂，内涵深刻，回味无穷，对任何国家的翻译者都是一种挑战，希望战胜这种挑战的人也就更多。我那位警察作家朋友，也是存着这样一种雄心的，他曾和我谈到他的翻译过程，表达过一种不达目的绝不罢休的决心。他也确实做到了。他在他的繁忙工作之余，呕心沥血地完成了他的译作。在此，我向他表示我最崇高的敬意。

其实古今中外，好的文学作品总是让人有一种欲罢不能的感觉。一部《红楼梦》，竟然造就了一门“红学”，至今仍有无数课题让众多的红学家们皓首穷经地钻研着。关于鲁迅先生作品的研究，也是连绵不断，就在我写这篇小文前，刚刚翻阅了一篇论文，是研究鲁迅先生小说《药》里边的一个场景的。这个场景是夏瑜坟上“那一圈红白的花”。作者根据种种证据，考证出这是先生受到了某某外国作家影响的结果。这样的考证，看似有点儿“钻牛角尖儿”，其实倒也是为鲁迅文学创作的起源与继承提供了些佐证。

艺术是不怕重复的，或者更准确地说，艺术之路没有重复，任何所谓的重复其实都是新的创造。对曹雪芹笔下的大观园究竟何在，你说我也说，新观点、新证据不断推出，读者获得的是对《红楼梦》更新鲜的感受。对鲁迅先生的许多作品寓意何在，也是众说纷纭的，但每一次分析都让我们有了新的体验。回到《瓦尔登湖》的翻译，每个翻译者都会有自己的深刻认知和艺术感受，对每一个词句的斟酌也都会有不同的理解。在网络上看到一位聪明的网友说：其实几个译本都有互补性，和译者的文学水平、文学修养以及对原著的理解都有关系。其实我们读者在读书的时候，也是会掺杂进自己的主观因素的。

艺术就是这样丰富多彩。所以，艺术不可能有重复，即使看似重复，也是波浪式前进，螺旋式发展，似乎回到原点的状态，其实是别有一番天地的。因此，我认为我的警察作家朋友是做了一件有意义的事的，他不仅仅是翻译了一本已经有很多人翻译的书，而是走过了一段丰富的文学路程，他在自己的心里，也在读书人的视野里，留下了一个全新的美丽的瓦尔登湖。

中国侦探推理小说在路上

第六届全国侦探推理小说大赛，以简朴的颁奖座谈会形式，完成了颁奖程序，圆满落下帷幕。欣喜之余，想想关于中国侦探推理小说，也还是有些话可说的。

和我这个年龄的朋友谈侦探推理小说，大家马上便会提到福尔摩斯、阿加莎·克里斯蒂和日本的松本清张，等等。若和年轻人说起来，他们大概开口就是东野圭吾。总之，在大家的印象中侦探推理小说似乎都是洋人的玩意儿，于中国人来说属舶来品。这样的说法是有一定道理的。文学界公认，现代侦探推理小说始于美国作家埃德加·爱伦·坡，是他在 1841 年创作了第一篇侦探推理小说作品《莫格街谋杀案》，由此确立了现代侦探推理小说的全部模式。时至今日，侦探推理小说创作大多仍然延续着爱伦·坡的手法，渐渐在文学领域中形成了独树一帜的文学样式。

在中国传统文学史上，有着一批所谓“公案小说”，如《包公案》、《施公案》等。也有人说这是中国侦探推理小说的鼻祖。我以为其实不然，中国传统公案小说至多可以称之为一种优秀文学传统，是现代中国侦探推理小说可借鉴的重要因素，但它并不具备现代侦探推理小说的诸多特点。其实换一个角度说，公案小说与当今的公安题材小说，倒是似乎有着更深的渊源。

在中国，现代侦探推理小说的起步并不晚。在 1896 年，西方侦探推理小说就被引进了中国，在当时梁启超主编的《时务报》上，就首次刊出了《英包探勘盗密约案》，即福尔摩斯探案中的一段故事。在当时，西方侦探推理小说在中国的翻译速度很快，甚至福尔摩斯探案的新作在英国刊出仅五个月，中国就有了译本。西方文化在中国的渗透，侦探推理小说竟然是急先锋之一。再后来，中国人模仿西方侦探推理小说模式的创作就多了起来，也出现了以程小青为代表的优秀中国侦探推理作家，中国侦探推理小说和言情小说、武侠小说一起，成为了中国通俗小说创作的三大支柱。

文化就是这样，渗透必然和反渗透相辅相成，也必然在渗透的过程中时时刻刻地发生融合和变化，最终的结果，文化注入新的血液，发展形成新的文化形态，文化的生命便如此生生不息。翻开程小青先生的《霍桑探案》，模式是西方的，故事却是中国的，当时中国社会的林林总总，都反映在小说的字里行间。这样的作品当然受到读者欢迎，程小青先生被誉为“中国侦探小说之父”也是当之无愧。侦探推理小说在中国走过的道路，是中西方文化交流的一个典型。

我们应该以包容的心态看待这种文化的交融。这种包容首先源于自身的文化自信，其次是海纳百川的心胸。文化的交融也是一个漫长的过程，我们讲中国侦探推理小说还在路上，说的就是这个道理。时至今日，全国侦探推理小说大赛已经成功举办了六届，这标志着这种文学样式的旺盛生命力。但是坦白说，中国侦探推理小说的发展确实还有很长的路要走，我们还缺少能在世界侦探小说界叫得响的经典作品，侦探推理小说的普及程度也还不高。究其原因，当然很复杂，侦探推理小说某种意义上的“水土不服”，恐怕还值得我们认真研究和探索。

毕竟不是程小青的年代了，单纯的模仿、简单的借鉴已经不能满足读者的胃口，创新之路却还在艰难探索之中。公案小说的可借鉴之处在哪里？公安题材小说和侦探推理小说的区别在哪里？网络写作为侦探推理小说创造了什么样的新空间？侦探推理小说的民族化问题出路何在？在短短半天的颁奖座谈会上，这些问题当然不能完全解决，但相信座谈会的影响之所在，就是重新唤起人们对侦探推理小说中国流派的关注，重新唤起大家对这种充满了解谜快感的文学样式的青睐。

我在座谈会上期待，侦探推理小说中国流派已经初步形成，我们的未来充满希望。我相信我的话不会落空。

在艺术的留白处

留白，是中华传统艺术形态中一种独特的审美意识，它构成了中国美学中的含蓄、内敛，注重作者与受众的情感交流的特性。千百年来，在艺术的留白处，有许许多多清朗隽永的故事和想象。

留白，即在作品中留下相应的空白。留白大概最早起源于绘画。南宋马远的《寒江独钓图》，一只小舟，一个渔翁，满纸没有一丝水，我们欣赏起来却觉得烟波浩渺，满幅皆水。作者的巧妙留白，在欣赏者的脑海中成功引发想象，调动起了所有关于江河湖海的记忆储存。这时的美，是由作者和欣赏者共同完成塑造的，而每一个欣赏者也许都会有他自己的感受。

中国画的大师们很好地继承了这种留白艺术的真谛。齐白石那幅著名的《十里蛙声出山泉》，是人们至今津津乐道的佳作。几只活泼的小蝌蚪，就把十里蛙声送进了人们的意念之中。曾记得他老人家还画过一幅《放风筝》，竖幅画面，左下角一个顽童，右上角一只风筝，中间省略一切，皆为空白，却让人仿佛看到了那条连接二者的细线。有人评论说：留白是传统绘画的最高境界，讲究着墨疏淡，空白广阔，以留存空白构造空灵韵味，给人以美的享受。

留白在今日中华文化中已经由绘画而至文学、音乐、影视等诸多领域，甚至在相当程度上也影响着世界艺术的发展和交融。留白是一种智慧，也是一种境界。文学上，讲究“不着一字，而形神兼备”；音乐中，讲究“此处无声胜有声”。在那似乎空无一物的留白处，有着艺术的规律，有着创作者的追求，有着无限的想象，也有着对美好的向往。

中国传统评书艺术，在每一章节或称段落之间，要留个“扣子”，也就是悬念，叫作“下回分解”，其实也是一种留白。热热闹闹的故事，在高潮时戛然而止，让听众欲罢不能，抓耳挠腮，在停顿下来的时间里不能不充分发挥自己的想象，给那些英雄、大侠设计出无数的情节。当下的一些影视作品，也深得其精髓，常常在结尾处给观众设计出想象空间。当然，从经济角度考虑，大概也是为了拍摄续集做准备吧，但那种开放式的结局，也确实有着留白的效果。只不过艺术的享受里由此有了些许铜臭气，让人啼笑皆非。

公安题材文艺创作近年来蓬勃发展，艺术水准也在不断提升，好作品不断涌现。前不久，在为一位优秀公安作家的长篇小说新著召开的研讨会上，有位著名评论家着重谈到了小说的节奏问题。他强调作品应有“闲笔”，故事设置不能太满、太紧，要松弛有度。他的发言，谈到的其实就是公安题材创作的留白问题，给了我们很重要的启发。

凡公安作家，往往对创作充满激情。丰富的公安实践积累点燃着他们的灵感之火，一旦构思成熟，他们的创作就会才思泉涌，喷薄而出。因此，故事饱满，人物丰满，跌宕起伏，引人入胜，节奏急促，往往是公安题材文学作品的突出特点。特别是长篇小说，结构的繁复，情节的密集，悬念的重叠，有时会给读者“密不透风”之感。人物的生活状态、性格特点、情绪变化，乃至景物描写、地域风情、坊间琐事，作家们往往关注不够，甚至无意中忽略，这不能不说是公安题材文艺创作中的一个遗憾。

因此，我建议我们的公安作家们，要注意留白。

留白是一种技巧，也是一种热情。恰到好处的留白，其实并不削弱故事的饱满，也不伤害人物的形象，反而如一味合适的调料，使作品的韵味更加丰富和绵长。而在公安题材的文艺作品中，好的留白之处，必定留下的是战友间交流的眼神，是亲人间告别时的留恋，是敌我交锋时的电光石火，是每一名人民警察对世间美好事物的怦然心动。

看一部微电影，主人公是洞庭湖上打捞浮尸的民警。全片竟没有一句台词，而民警在工作之后悄然落泪的长镜头，却在无声之中打动了所有人的心。一时间，那声音的空白，却是心灵的呼唤。

从《聊斋》到公安题材小说

把公安题材小说创作座谈会放到蒲松龄先生的家乡淄博召开，是机缘巧合，也是刻意安排。

蒲松龄，清代小说家，是与莫泊桑、契诃夫、欧·亨利齐名的“世界短篇小说之王”。他的《聊斋志异》，广泛受到了先秦散文、史传文学及前代小说的影响，特别是直接继承了六朝志怪小说和唐传奇的传统，被鲁迅先生称为“描写委曲，叙次井然，用传奇法，而以志怪，变幻之状，如在目前”。更加难得的是，蒲先生说鬼怪而评社会，谈妖狐而论人生，作品具有非常强烈的现实性和批判性。一部《聊斋》，诸多篇目，至今读起来仍然感觉入木三分。

这便和今天的公安题材小说有了很多值得研究的共性。如对社会不良倾向和阴暗面的讽刺与抨击，如对人性的复杂与变化的深刻剖析，如对美好事物的向往与歌颂，等等。在蒲松龄先生笔下，鬼怪神狐，皆有所指，其实是一幅描绘社会的广阔画卷。

当下的公安题材小说创作，正进入一个旺盛的创作高潮期，作品数量与质量都有很大程度的提升。仅第十三届金盾文学奖的评选，各地报送的新创作小说作品就有数百篇之多，其中不乏令人眼前一亮的优秀之作。公安题材小说创作座谈会的召开，旨在推动公安题材小说向更高的山峰挺进，进一步发展繁荣公安题材小说创作。出席会议的公安作家们普遍认为，汲取和借鉴中国传统文化的宝贵遗产，对公安题材小说创作大有裨益。

如蒲松龄先生对社会弊端的尖锐批判，亦是公安题材小说所担负的重大社会责任，是公安题材小说的战斗性所在。如蒲松龄先生对美好事物和善良人性的赞美与褒扬，亦是公安题材小说坚持正义、坚持公正、坚持良善的必然主题。而蒲松龄先生在人物刻画、故事铺陈上令人赞叹的文学功底，同样是当下公安作家学习的榜样。

《聊斋》数百篇作品，讲述了一系列或离奇或曲折的故事，塑造了难以尽数的人物形象，是中国文学史上的巅峰之作，是后人难以超越的文学典范。在座谈会上，大家不约而同地谈到了公安题材小说的人物塑造问题，坦承我们和前人的距离仍然非常遥远，仍需我们不断地努力。这是公安题材小说创作的“命门”，是我们前进路上最大的绊脚石。在蒲松龄先生面前，我们的差距让我们深感责任之重大，使命之沉重；深感肩负公安文学繁荣发展的重任，是我们这一代公安作家的光荣。

有人称小说是文学重器。此说尽管也有专家不认可，但小说在文学领域中的重要性不可否认。小说创作的研究与发展也从来没有停止。而坦白说，公安题材小说创作的理论研究和实践指导，始终是弱项，甚至是空白。这也是我们这次座谈会的主旨之一，希望公安题材小说的创作与研究，借《聊斋》之文风，借柳泉之清水，能有长足的发展进步。

想当年蒲松龄先生在柳泉边设下茶肆，向过路行客征集故事素材、民间传说，留下一段佳话，也留下了关于文学与生活的思考。三百余载风雨，柳泉今日已是遗迹，蒲先生的精神却为后世人们永久传承。相信公安题材小说的未来之路，也将永远印下奋斗者的足迹。

万紫千红总是春

最近一段时间喜讯频传，我们的公安文艺骨干在各文艺领域不断取得佳绩。山西公安作家张暄，荣获首届“孙犁散文奖”大奖；山东公安作家吕悦的寓言作品集，获得了第六届金骆驼奖创作银奖；江苏公安作家韩青辰，以儿童文学作品《小证人》获第六届紫金山文学奖；辽宁公安集邮家吕向，以其丰富扎实的集邮成果，当选为中华全国集邮联合会会士。时至入冬，公安朗诵“梦之队”集体出征，在第五届“夏青杯”朗诵大赛全国总决赛中勇夺 1 个一等奖、5 个二等奖、2 个三等奖和 3 个优秀奖，并获集体“特别贡献奖”。人民警察充满激情的声音，在学习贯彻党的十九大精神的热潮中，犹如一曲战歌，响彻祖国大地。

在说到文艺形势的时候，我们常常会引用“万紫千红总是春”这句诗，来形容硕果累累的收获。这句出自宋代朱熹的佳句，因其通俗而又精准的蕴意，成为今天妇孺皆知的名构。而面对公安文艺的繁荣发展，大概只有这句诗，才是最准确、最真实的表达。这是公安文化事业随着国家文化战略的总体推进而繁荣发展的成果，也是公安文艺人不断努力、不断钻研的心血结晶。

特别难得的是，在公安文艺队伍中除了实力比较强的项目，如书法、摄影等之外，一些所谓“冷门”如今也有了可喜的突破。如儿童文学创作，在公安文学创作队伍中，在这个领域里耕耘的同志并不多。但儿童文学与公安题材的结合，其实是一个可供探索的广阔领域，是一个对广大青少年进行法治教育的好载体。韩青辰的力作《小证人》，在这方面做出了值得赞赏的努力。而吕悦的寓言创作获奖，更让我们看到了公安文艺发展的多种可能性，看到了公安文化因素更广泛渗透多种文艺领域的前景。

我们常说，公安文艺人有着不同于其他职业的一种社会责任意识。这种责任意识，是文艺百花园里花草繁茂的前提，犹如阳光，犹如雨露，渗透在公安文艺人的血脉之中。习近平总书记在党的十九大报告中指出：要繁荣文艺创作，坚持思想精深、艺术精湛、制作精良相统一，加强现实题材创作，不断推出讴歌党、讴歌祖国、讴歌人民、讴歌英雄的精品力作。总书记的教诲，是公安文艺人才的努力方向，是公安文艺园地“万紫千红总是春”的思想保证。

外界普遍认为，公安文艺工作者和爱好者共同的特性，是努力，是积极。这种努力与积极，正是文化自信的体现，是责任担当的体现。公安文化，公安文艺，不仅仅是警营内的自娱自乐，更应该是建设社会主义文化强国的重要力量，是社会主义文艺中的一支生力军。公安文艺人才在国家文艺舞台上的频频亮相，是值得我们骄傲的事情。

文艺创作的最终目的，当然不是得奖，但奖项是对文艺人的鼓励与鞭策，值得称赞，值得褒扬。当然，我们至今所取得的成绩，距离党和人民对我们的要求还相差很远，距离基层公安民警的强烈文化需求也有相当的差距，但这一张张成绩单告诉我们，公安文艺人才在前进道路上的足印是扎实的，是坚定的，相信在社会主义文艺繁荣发展的热潮中，会有更多更优秀的公安文艺人才涌现，会有更多公安题材文艺精品奉献给我们这个伟大的时代。

诗有诗情　文有文道

诗歌、小说、散文、报告文学，是现代人对文学样式的划分与区别。它们其实大概如同画家笔下的水墨浸染，深处有深处的美妙，淡处有淡处的典雅，却又浑然天成，有不可分割的血脉在其中。

中国人曾以诗的王国而自傲，诗歌俨然是生活中不可或缺的内容。而今天谈到诗，却似乎已经远离了生活。台湾学者蒋勋曾说，在《红楼梦》的时代，在窗前吟诵的一句诗，是可以传递多少幽情的；今天走在大街上你若用诗去吸引女孩子，对方却听不明白。这话多少有些绝对，但也不是妄语。今人有说，诗是个人心灵的独白和呓语，其实是把诗歌退缩到了利己主义的窠臼。古人为诗歌的作用定义为诗言志，其实是有道理的。诗歌至今日，仍然应该是抒发胸臆的最佳方式。

小说在中国历史上的地位不如散文。《辞海》认为：自六朝以来，把凡不押韵、不重排偶的散体文章，统称散文，包括经传史书。而小说，在《庄子・外物》中称"饰小说以干县令，其于大达亦远矣"，是指琐碎的言谈、微小的道理，与今天对小说的定义相去甚远，而且有种轻蔑在其中。至明清，小说盛行，但也属俗物，不登大雅之堂，以至今天我们推崇的四大名著，作者都属存疑，至今争论不休。著名评论家谢有顺先生曾说：诗在中国是一种庄重的文体，而小说却是渺小的、不入流的小技和末流。所以小说文体的起源没有诗歌那么庄重。

这在今天当然是历史的笑谈了，是我们在学习中国文学史时一翻而过的那一页书。诗歌、小说、散文，还有在中国最年轻的文体报告文学，今天在中国文坛上各得其所，都展示出了迷人的魅力。而且，随着社会的进步和发展，它们都在发生变化，例如网络小说的诞生，是科技的催产，也是传统小说的继承。中国文学界当下前所未有的活跃，是盛世的标志，也是文化的繁荣。

诗歌重在抒情，小说重在叙事，报告文学是直面社会的镜子，散文则胜在一个“散”字。诗有诗情，文有文道，相互融合，又相互借鉴，独立发展。文学的百花园里，少了哪一朵，也是缺憾。文学的繁荣发展，必然是姹紫嫣红的景象。

所幸之事，在社会主义文学的园圃中，公安文学正在茁壮成长，健康发展，是花开正艳的时刻。诗歌、小说、散文、报告文学，无不有可圈可点的佳作出现。写这篇小文的时候，又有喜讯传来，山西公安作家张暄，以一篇散文《母亲的市民之路》荣获首届孙犁散文奖，再次为公安作家们赢得了骄傲。祝贺之余，为公安作家们的优异成绩而欣慰，为公安文学的阔步前行而欣慰。

今天繁荣的中国文坛，不会再有轻小说重诗歌的风气，更不会有搞不清作者是何等人的笑话。有的，只应该是作家们在文学高峰上的登攀。评论家谢有顺先生说，一部文学作品，必须要有一个作者自己开阔的胸襟、气象，才算是文学最高的境界。就此寄语公安作家朋友们，不管你从事的是诗歌创作还是小说、散文、报告文学创作，都要勇敢地肩负起时代和职业赋予我们的神圣责任，在文学的大海中奋力遨游，为中国文学的版图，增添上属于自己的一笔印迹，哪怕这一笔，仅仅是微不足道的风过轻尘。

从小说《聊斋》到评书《聊斋》

新年又要到了。每逢此时，文艺界总会掀起热热闹闹的一阵喧哗，为从新年到春节这一段时间的喜庆气氛逐渐拉开序幕，不断增添色彩。连续不断的相声小品展播，重复与观众见面的老电视剧，电影院里贺岁片的票房，都会在此时引起媒体和专家们的议论纷纷，也让老百姓们多了些谈资。像我这种不大喜欢出门的人，坐在家里翻翻报纸、看看电视，倒也是怡然自得的事情，是过年的另一种感觉。而视觉承受的冲击丰富了，自然也就有些想法萌生，便也想来凑一凑热闹，说几句闲话。

节庆文化不能说是中国独有。人家西方的圣诞节等，也会过得很嗨。但应该说，属中国的节庆文化更丰富多彩，更有历史内涵和民族、地域特色。今天的中国人过节，特别是从新年到春节这一段，方式更多得令人眼花缭乱，传统的、现代的，发红包的微信摇一摇与走街串巷的舞龙队相映成趣。但应该说，各种文艺节目，始终是占据着节日的大部分时间与空间的，就算是堵在高速路上的长途客车里，抚慰返程旅客的仍然是广播里的笑声与歌声。研究与发展节庆文化，可以说是当下文艺工作者的一项重要职责，既是文化市场的需要，更是文化繁荣的标志。

从冯小刚的《甲方乙方》开始，贺岁电影成了节庆文化的一个风向标，标志着节庆文化的一种风格取向：通俗易懂、欢快喜庆，形式上老少咸宜，内容上阳光轻松。就连中央电视台的春节联欢晚会，算是当代中国节庆文化的重头戏了，也大体是这样一种格调。这当然不错。过节嘛，让奋斗了一年的受众快快乐乐地过一个节，盘点一年的收获，享受自己的成就，是文艺的功能所在，更是节庆文化的重要内涵。而且，我们其实应该很认真地研究这个现象，研究节庆文化独特的发展规律与创作手法，真正为大众在过节的时候奉上一道道丰盛而适口的文化大餐。

节目的轻松，不代表创作者的轻松，反之，在欢快笑声的背后应该是创作者付出的更多心血和艰辛。曾经看到过毕加索画牛的故事。从最初笔画繁复的写生，随着画家思考的深入与技艺的娴熟，到了画家誉满天下的时候，他笔下的牛却只剩下了寥寥数笔，而那几根线条却依然栩栩如生，神形兼备。简，有时比繁是要更难的。

最近重新读了清代著名小说集《聊斋志异》，同时也在广播里追着听青年评书演员王玥波播讲评书《聊斋》。两相比较，很有意味。从小说《聊斋》到评书《聊斋》，在现代人看来，当然是一个从佶屈聱牙到通俗易懂的改编过程，于读者或听众来说，是一个沉重与轻松之间的转化。难能可贵的是，演员在改编过程中既注重了加强故事的曲折性和人物形象的刻画，又在创新上有较突出的成就，一是为了吸引听众，大量借鉴并吸收了相声、京剧甚至现代网络的语言形式，使文本更轻松、更接地气；二是刻意注重了对原文的解释和分析，巧妙自然地吸引听众关注原著，关注优秀传统文化的内涵和精髓。《聊斋》是历史上被评书艺人使用较多的文本，历代评书艺术家都有可圈可点的创作，但我认为，王玥波的这一版《聊斋》，体现了艺术家在传承中国传统文化上的责任意识，也是在评书艺术创新发展上的有益尝试。

说到节庆文化，从小说《聊斋》到评书《聊斋》的演变大有可资参考之处。融文化的严肃性与艺术的高雅性，甚至历史的厚重性于表现形式上的轻松活泼，使节日在欢乐祥和的气氛中成为文化传承的过程与节点，过节，于前进中的中国人来说，应该是更有意义吧。

影像

文化的接地气与接地气的文化

陈凯歌导演的新作《道士下山》，一上映就遭遇激烈吐槽，网上骂声一片。由此联想起风波刚刚过去不久的《一步之遥》，和仿佛已经尘封在记忆中的《三枪拍案惊奇》。

三部作品，其共同点有二：第一，都是影界大腕之作。陈凯歌、姜文、张艺谋，哪个名字也是如雷贯耳的。第二，都是毁誉参半之作。当然，这话算客气，要是复述网络上的语言，怕艺术家们不好承受。

还有比较一致的一点，就是三位大导演面对批评都很委屈，都做过辩解。也有些帮闲者，跳出来替导演们说过些好话。印象最深刻的，是说导演们的心机是深的，而观众没看懂，简言之，阳春白雪遇到下里巴人，秀才遇到兵，有理说不清。仿佛错不在导演，而在观众了。这解释对错不说，总感觉有点儿强词夺理，好像一个厨师烧煳了菜，却指责吃客。

因此，我们不禁要反问一句：导演先生，您为什么不把片子拍得让我们这些普通人看懂呢？

如果让导演们自己回答，我相信他们会有数不清的理由为自己伸张正义。他们会说他们拍的是文艺片，他们会说他们的思考是哲学层面的，甚至他们会说他们的片子是拍给未来人看的，如是等等。但一个在影视圈里混迹多年的朋友，说出的话却是一针见血：“出门前呼后拥，进门住五星级宾馆，吃的是鲍鱼海参，他们哪知道老百姓想什么，要什么?”

这话刺耳，但不能说没有道理。而且我理解，说的已不仅仅是电影了，而应该是指所有的文艺作品，是当今的一种文化形态。话虽朴素，却重申了一个真理，所谓文化，是要接地气的，是离不开创造文化的劳动人民的。

查古籍，中国最古老的一首诗歌，“断竹，续竹，飞土，逐肉”，是多么鲜活的一幅古代劳动人民狩猎图画：竹子砍下来了，竹子接续起来做成弓箭了，尘土飞扬人马出发，我们去追逐猎物。热烈，壮观，生动，活泼，生活气息在几千年后仍然扑面而来，像鼓点一样敲打着我们的心灵。文化是必然要接地气的。没有土壤和泉水的滋养，文化这棵树是会干枯而死的。毛泽东在延安文艺座谈会上说：“人民生活中本来存在着文学艺术原料的矿藏，这是自然形态的东西，是粗糙的东西，但也是最生动、最丰富、最基本的东西；在这点上说，它们使一切文学艺术相形见绌，它们是一切文学艺术的取之不尽、用之不竭的唯一的源泉。”习近平总书记也在文艺工作座谈会上以著名作家柳青为例，强调了文艺家深入人民扎根生活的重要。他说，柳青为了写作《创业史》，在农村生活 14 年，熟知农民的喜怒哀乐，中央出台一项涉及农村农民的政策，他脑子里立刻就能想象出农民群众是高兴还是不高兴。

有人会说，时代变了，现在不能那么要求。我看不然。时代变了，文化的本质并没有变，其根源和基础也都没有变。要说变，是我们有些人看待文化的眼睛变了。戴上铜色的眼镜来看世界、看生活、看文化，当然金钱是最美丽的。不屑于接地气，不耐烦接地气，没时间接地气，理由种种，其实都是金钱的杠杆在操纵。偶翻报纸，见一则旧闻，张艺谋在出演电影《老井》的时候，为了把饥饿表演得逼真，竟真的把自己饿了三天才出镜。这样认真严肃的态度，张导自己是否觉得恍如隔世?

其实也不是批评张导，现在，恐怕连《老井》这样接地气的好电影，已经很少人要拍，也没有人让他去演了。三位大导演的三部大片，在银幕上跳来跳去的，是旧上海的花魁和野心家，是大漠客栈里钩心斗角的夫妻，是满心欲望的下山小道士。我们的电影向何处去，我们的文化向何处去，应该值得思考了。

事实可以证明，接地气的文学艺术作品还是会受到欢迎的。新近走红银屏的电视连续剧《刑警队长》，根据一位现实中的英雄人物事迹改编，平实而朴素，真实而感人。它不仅标志着公安题材影视作品的某种回归，更说明了文化要接地气，作家要深入人民扎根生活的重要。希望这部剧给我们的启迪，在艺术家们那里，不会成为过眼烟云。

文化人的自卑、自信与自恋

一部新影片的上映，引发网友们和评论界的纷纷“吐槽”，俨然已经是当今中国的一种文化现象，喧嚣热闹，众说纷纭，看客们得到身心愉悦，投资方当然冷暖自知。最近中招的，自然就是姜文的《一步之遥》了。也许，这部于导演来说是呕心沥血的作品，离经典真的只是“一步之遥”，却在人们的口水中落得黯然神伤。

批评者们最集中的意见，是说导演在影片中表现出了太强烈的自恋，并把这种自恋强行灌输给了观众。姜文导演当然很委屈，辩解说我一部电影拍了四年，我怎么还自恋呢？诚然，从筹备剧本到完工上映，秋冬春夏四载轮回，以导演为首的拍摄团队，自然没少下功夫。姜导的委屈可以理解，但他的辩词实在是笨拙了，有点儿急不择言的意思。明眼人都明白，四年磨一剧，却和自恋与否真的没有必然联系。

说起来，文化人似乎多少都会有些自恋。曾有个基层同志风尘仆仆地来北京找我，拿着一摞手稿，第一句话就说：我的作品，别人比不了。我一晚上就能写两段相声。他的话说得本身就像相声，我不禁莞尔。但看他的作品，如预料中的平平。这说明，文人不论大小，自恋皆有之，且分不清程度的深浅。

自恋似乎也是有些益处的，不然不会如流行性感冒般的流传。有句“心灵鸡汤”说：你若不欣赏自己，怎么能希望别人欣赏你？从励志角度讲，这话也有点儿道理。但这种自我欣赏是应该有度的。程度适合，可称自信；过度了，就是自恋。自信，人皆应有，否则难以成事。而自恋，我奉劝诸君还是清醒些的好，免得授人予柄。但话说回来，人一旦陷入自恋了，劝他很难。

说到底还是个自律的问题。人若清醒，是看得到自己的优点和缺点的，正确的态度就是欣赏和发扬自己的优点，抑制和摒弃自己的缺点。做人应如此，做艺术也应如此。说得直白，就是戒骄戒躁。骄傲似乎是一种与生俱来的恶疾，成书于公元前的《圣经·箴言》，就有相当深刻的警句了：“骄傲在败坏之先，狂心在跌倒之前”，“骄傲来，羞耻也来，谦逊人都有智慧”。中国也有类似的古训，如“满招损，谦受益”，却可惜，能铭记在心的人很少。文化人，都有表达的欲望，也就自信有表达的能力，自信爆了棚，也就成了自恋，自己在自己眼里是光辉灿烂的，在别人却未必，这也就怪不得别人撇嘴了。

以阶级斗争为纲的时候，莫说自恋，自信也是要不得的，要夹着尾巴做人。但尾巴夹着并不舒服，所以在有些人眼里，文化人总爱翘尾巴，也就必须总要受批判。现在环境宽松了，文化人自恋或自信与否，基本靠自身的修为。因此，强调自律非常重要，把握自信与自恋的界限非常重要。

文化人其实还有一种心态比较普遍，只是大概没有人愿意承认，那就是自卑。自卑是个很有趣的东西，文化人的自卑往往和自信、自恋复杂地纠缠在一起，呈此消彼长的状态。而自卑本身也特别复杂，往往并不局限于业务水平、工作能力的高低，而是涉及多方面。人可以因相貌丑陋自卑，也可以因身世贫寒自卑，甚至可以因为许多鸡毛蒜皮自卑。如想整容的小明星，并不难看的鼻子嫌矮了，整天耿耿于怀。文化人则有个好处，可以用自信甚至自恋与自卑抗衡。哼，你嫌老子长得丑，老子写得比你好。可世界是残酷的，尤其是当今这个物欲横流的时代，金钱俨然成了衡量一切的标准，写得好、画得好往往也没有用了，你可能换不来金钱。于是，自卑更甚，不平更甚，调节心态的自信崩溃，自恋也就扭曲。总说现代人是浮躁的，浮就浮在自卑、自信和自恋，如三只钓鱼的浮标在心海的波澜里上上下下，甚至纠缠在一起解也解不开，别说钓到鱼，连平静的时候也没有了。

常在各种场合里看书法家写字，写得最多的，是“宁静致远”，也是一种自我鼓励或警醒吧。人要想做到“宁静致远”这四个字，还真的要好好修炼的。姜文导演的自恋，其实早在他拍第一部片子《阳光灿烂的日子》时就有苗头了，不然何必非要在全国选一个和自己酷肖的男孩来演主角呢？片子成功了，提起此事也成了趣闻，甚至是艺术追求，但其中的其他，却被掩盖了。导演的自恋成就了后来的影帝夏雨，却似乎应该说毁了一个好导演。所以，也把“宁静致远”这四个字，送给观众期待的姜导吧。

那仍然是一只美国熊猫

2016年春节，因为中美合拍动画片《功夫熊猫3》的上映而增添了几分嘻嘻哈哈的癫狂。票房高涨，口碑亦好，美国人由此赚了个盆满钵满，在家憋着笑数钞票。中国人却也因片中无处不在的中国元素而自豪得不得了，满心以为中国文化在好莱坞打了个大胜仗。

坦白说，《功夫熊猫3》是部良心之作，中美双方的制作人都下了相当大的功夫。据说仅双方参与的工作人员和技术人员就已上千。美国人对东方文化的认识和表现也确实有所提高，过去的偏见与歧视有了很大的改变，过去闹过的许多常识性笑话也都不见了，其严肃态度可见一斑。但是，许多有识之士仍提醒我们，其实中国文化真正要走进西方，我们还有很长的路要走。我在一份报纸的文娱版上读到一篇评论，标题就是《中国文化外衣下的美国熊猫》。这标题一针见血，而且意味深长。

任何文化与文化的融合都是一个漫长而潜移默化的过程。在这个过程中，彼此的不理解甚至轻视和妄自尊大，都会存在而且影响着这个过程。回想当年，改革开放之初，某位中国女演员在美国电影中出演了个妓女，当时是引起轩然大波的事情，这个女演员背负了许多年的骂名。可以批评刚刚打开国门面对世界的中国人小题大做，也不能不说傲慢的美国人确实多多少少存在些轻蔑的态度。最容易沟通的是文化，最容易产生隔膜的也是文化。保持传统和兼收并蓄，说起来简单，其实相当难，也是相当需要耐心的事情。

《功夫熊猫 3》确实在文化沟通上做得不错，但该片的中方导演滕华涛在接受记者采访时坦言："我们贡献中国元素，但不可能把它变成一部中国电影。"和美国团队合作的体验，使他感叹中美在动画电影制作上"差距相当大，不是短期能赶上来的"，但"这是一次非常好的学习机会"。滕华涛是一位非常优秀的青年导演，曾以电影《失恋 33 天》确定了自己在中国影坛上的位置，他的感受应该说是中国电影人集体的感言。

据披露，美国人最初开始在影片中加入中国元素，其实也是一种自娱自乐。好莱坞在才思日渐枯竭的情况下，对外来文化的需求日益迫切，希望能以此引起本国观众的兴趣。而当他们发现中国人也对出现在美国电影中的，即便是走了样的中国元素津津有味时，他们简直狂喜了，因为他们从中看到了新的市场，看到了新的赚钱机会。有文章就曾尖锐地评论说："千万别以为美国人真的会去领会中国文化，人家不过是在兢兢业业地赚钱罢了。"

美国人是精明的，他们在赚钱的同时其实还在传播他们的文化和他们的价值观。看看《功夫熊猫 3》，“寻找自我”的主题，体现的仍然是美国式的个人英雄主义，体现的仍然是美国人“自由与责任”的价值观念。就连其中人物的表情、动作，搞笑的方式，也都是美国式的。滕导演所说的“学习”，我倒以为，首先要学习借鉴人家这种娴熟的寓教于乐的文化传播方式，思考怎样把要告诉观众或读者的东西，用人们乐于接受的方式说明白、讲透彻。不要再把中国电影搞得不是板着脸孔训人的“报告会”，就是毫无道德底线的“无厘头”。我们也应该把中国人的价值体系和文化体系，以更喜闻乐见的形式向全世界宣传出去，让中国人的精神成为世界文化的主流，成为世界文化宝库中的财富。

这大概也算《功夫熊猫 3》给我们的启示吧。

从《功夫熊猫》到《功夫熊猫 3》，中国元素越来越多，运用得也越来越熟练。其中当然也能反映出美国人观念的一种悄然变化。这种变化的根本原因，其实也还是中国的日益强大。美国人不得不认识到，即使就是为了赚中国人的钱，也要认识中国，了解中国。这其实就是文化交流以至文化交融的开始。这条路当然还很长，还会有沟沟坎坎，我们也还远远没有达到能够挺起胸膛骄傲的时候。所以，当现在我们坐在影院里看《功夫熊猫 3》的时候，即使笑得前仰后合，也还是要记得，那仍然是一只美国熊猫。

从小说到影视的遗憾

著名公安作家吕铮的长篇小说代表作《赎罪无门》，最近被改编成电视连续剧《爱的追踪》在全国播出了。近几天，微信朋友圈里都在讨论这部剧，众说纷纭，见仁见智，但多数的评价是改编后的影视作品不如原著精彩。

其实由小说改编影视作品，历来被认为是件费力不讨好的事情，印象中也确实成功者寥寥。究其原因，主要在于两种艺术形式审美方式和角度的不同。小说作品，作者用语言抒发情感、塑造人物、营造气氛，我们在阅读中便可以充分发挥想象力，读者实际上在阅读的愉悦中参与着作者的创造。而影视讲究的是画面感，是逼真呈现于观众面前的一切，这就在一定程度上切断了想象的线索，打碎了存在于我们大脑中的仅属于自己的情感意识。我们可以举例说明：读《红楼梦》，每个读者心里都会有一个属于自己的林黛玉，甚至可能把她想象为是自己的某某。而看电视剧《红楼梦》时，大家就只看到陈晓旭饰演的那个林黛玉了，胜也如此，败也如此。

凡影视作品改编小说获得成功者，无不是最大限度地用演员的表演、用摄影的技巧、用影视的全部艺术元素，或忠实还原了原著的精髓，或合理地改造甚至颠覆、创新为一部全新的艺术精品。如由小说《万家诉讼》改编的电影《秋菊打官司》，若非依仗张艺谋的全新大胆演绎和巩俐的精彩表演，也不可能成为一部经典。

回到吕铮的《赎罪无门》和电视剧《爱的追踪》，我们确实多少感到有些遗憾。我在微信上曾说了这样一句话：小说具备了人性的强大力量，而电视剧却把它世俗化了。

除了我们上述所言小说和影视两种艺术形式规律上的不同外，还涉及了一个更严肃的问题，或曰现象：在今天的艺术创作中，特别是在影视创作中的有意识媚俗。

其实《爱的追踪》创作团队在创作态度上称得上是严肃的。据说，他们历时近两年才完成了剧本的改编，其间几易其稿，连编剧都更换了几任。但不能不承认在当下影视创作的媚俗风面前，很多时候人们不得不屈服，为了作品的播出和收益的保障，《爱的追踪》多少留下了一些缺憾。

原小说的故事主线是一位临近退休却检查出癌症的老刑警，在回顾自己并不辉煌的一生时，从记忆中捡回了一件旧案。为了不留遗憾，他抱病重新开始了调查，却发现当年的嫌疑人如今已是富商，并也因癌症和他住进了同一病房。至此无须多讲，读者自然会想象出当这两个人在生命的最后时刻，会发生怎样的一种灵魂搏杀。而电视剧把这两个人的关系改成了兄妹，增加了亲情上的恩恩怨怨，增加了家庭里的婆婆妈妈，冷峻的《赎罪无门》变成了温情的《爱的追踪》，却多多少少削弱了那种针锋相对的人性交锋。一部本该表现黑暗与光明、正义与邪恶交战的正剧，却变得有点儿像一部絮絮叨叨的家庭生活剧了。也许编导会说，这是为了符合影视创作的规律，为了更吸引广大观众，这不可否认。但客观地说，我们还是可以看出当下影视创作中的那种媚俗倾向。

媚俗的借口是观众喜爱，目标是收视率，终极追求是经济效益，而有意或无意被忽略的，是文艺的教化功能、引导功能。这种错误文艺导向的危害，其实已经很明显，金玉其外败絮其中的诸多作品正在我们的文艺圈里大行其道，甚至给中华文化的整体繁荣发展制造了混乱，带来了侵蚀。

公平地讲，《爱的追踪》仍不失为当下一部优秀的公安题材电视剧作品，创作团队的努力仍值得称赞，有不少创作经验也值得总结。而他们在创作中的苦衷和妥协却告诉我们，在当下的文艺创作中，值得我们警惕的现象仍然很多。吕铮在微信上说：这部剧给自己的启示是今后要更主动地参与创作。我为他的认识点赞。作为一名有强烈责任意识的公安作家，勇于为我们自己代言，可以说也是我们这支队伍忠诚意识的体现。

从“六扇门”说开来

最近，“六扇门”似乎成了影视创作的新宠，银屏上随时可见挤眉瞪眼的男女捕快们在蹿墙越脊，办案拿人。影视制作是商业行为，追求的自然是能够吸引观众的眼球，进而赚取大把的钞票。传说中“六扇门”的神秘和凶狠，当然是翻炒一锅影视杂烩的好食材。

这便在电视上偶然看到了这部以“六扇门”为题材的电影。画面是两位捕快在院子里商议案情，镜头渐转，映出身后的衙门大堂，门楣上高悬着“六扇门”的匾额。这不禁让我大大地吃了一惊，几乎不相信自己的眼睛。

查“六扇门”这个词，其实本意只是古代衙门的代称。为了显示威严气派，官衙大门多开六扇，以“六扇门”代指衙门，便由此而来。此说系泛指，更准确的“六扇门”说法，是指三法司衙门的合称。三法司，明清时分别指刑部、大理院和都察院，元代指大宗正府、刑部和宣政院，宋代指大理寺、刑部和御史台，唐代只有大理寺和刑部。再往上追溯到汉代，是指廷尉、御史中丞和司隶校尉。秦代《商君书·定分》中曰：

“天子置三法官，殿中置一法官，御史置一法官及吏，丞相置一法官。”这是中国最早的三法司。

历史更迭，岁月变迁，“六扇门”慢慢便成了中国传统司法体系的一个代名词。而呈现在现代影视作品中的“六扇门”，其实已经离史实相去甚远，更多地来自民间传说。而传说中的“六扇门”，是指明朝万历年间，朝廷为了处理国家级的重大案件，秘密设立的一个集武林高手、捕快、密探和杀手为一体的神秘组织。由于他们行动诡异，手段凶狠，来无影去无踪，自然就成了当代苦于找不到创作灵感的影视编导们的“香饽饽”。但是让捕快们堂而皇之地把“六扇门”三个大字悬挂在门楣之上，却真是滑天下之大稽。

难怪有一位历史学家最近一针见血地指出：现代中国影视作品中的历史真实率不到30%。

有人可能会辩解说：既然是来自民间传说嘛，何必较真。可我以为，即便是民间传说也要有民间传说的严肃。既然作品宣扬的是“六扇门”的神秘感，你却把“六扇门”招摇在大门口，公然喊出“我们是保密单位”，编导们的创作态度是何等的粗糙马虎，简直歪打正着地把一部所谓正剧拍出了黑色喜剧的效果。

过去常常听说某某导演创作态度认真的佳话。詹姆斯·卡梅隆拍《泰坦尼克号》，船上咖啡厅桌子上的一盒火柴，据说都是考证过的，是当年货真价实的东西。对历史的尊重，就是对文化的尊重，对民族的尊重，对逝去的生命的尊重。从这个角度而言，中华文化的厚重与繁复，更不能成为当下文化创造中“弃之可惜，食而无味”的鸡肋，不能容忍一些人抱着实用主义的态度，去浪费，去践踏，去为经济利益而牺牲其宝贵价值。

历史学家的话可能有些偏激，但确实点出了当下文艺创作的一个重要问题，值得我们正视。曾听说在文艺界，有人散布过这样的言论：要学历史，去读历史书好了，我们这儿就是娱乐。此言大谬矣。娱乐功能始终应该是文艺的第二功能，教育和引导，则是文艺的重要责任，传播正确的历史观则是这责任中的必有之意。何况在今天，颇有一些居心叵测之士，在暗中打着歪曲历史以否定现实的恶毒计谋。

最近著名导演宁瀛接拍了一部公安题材新剧，内容暂不好透露。但这位拍摄过《民警故事》、《警察日记》等优秀公安题材影片的女导演，正马不停蹄地在为影片做着细致的前期准备工作。因影片中可能会有一处废品收购站的场景，她便顶着烈日，在天津郊区连续走访了多家废品收购站，在成山的废品堆里和收购商交流。她说：现实主义的作品，灵魂就是真实。哪怕一张废纸，也要准确无误。

其实何止是现实主义作品，历史题材更需细心考证，忠于史实。不然，假如有一天我们的后代连武则天是男是女都说不清了，数典忘祖的罪名该算在谁的头上？

公安微电影的氛围营造

在这次参评的微电影作品中，有两部题材一模一样的作品，都是表现民警在执行任务中遭遇艾滋病病毒携带者，并且受到伤害，在等待医院检查结果时承受巨大心理压力的故事。较之另一部作品，广东省深圳市公安机关组织拍摄的《大魔咒》显然要技高一筹，更受评委们喜爱。究其原因，恐怕是在营造氛围上，这部片子做得更突出一些。

所谓营造氛围，其实是影片风格的一种确定。青春片，当然节奏要欢快，色彩要亮丽，连配乐都要和人物心情相匹配，要充满温暖和喜悦。恐怖片，格调必定是阴冷、晦暗的，更高明的导演，即使在灿烂阳光下采景，也能拍得叫人毛骨悚然。微电影固然篇幅短小，但在艺术上也有个气氛问题、风格问题。我们可以看到，在参评作品中，有的片子拍得朴素而粗犷，有的片子拍得精致而漂亮，还有的片子拍得气势恢宏。当然，也有一些片子在这方面还略有欠缺。

《大魔咒》的整个艺术风格和氛围，可以用激烈、厚重来形容。片子一开始，就是一场拍得如同动作大片般的制伏交通肇事人员的过程。涉嫌毒驾的女子疯狂地和交通民警抵抗，甚至将民警咬伤。简洁而精练的几个镜头，就已经猝不及防地将两名交警推向了危险的边缘。接下来，故事层层递进，等待检查结果的过程充满了压抑的气氛。家人的不理解甚至误会，心理医生的不合时宜的所谓辅导，都使这种压抑越来越沉重。特别是那场街头纠正违章的戏，嚣张的违章者指着坚持上岗的交警鼻子没完没了地责骂，交警只能强忍委屈暗暗攥紧拳头。此时，这样的气氛已经深深感染了观众，使观众不由自主地和影片中的交警一起愤怒，一起悲伤。当几名交警在大排档上向战友交代“后事”的时候，观众的眼泪就再也忍不住了。

这样的沉重氛围，就是编导的设计和演员的精彩表演共同营造出来的。当然，作为综合艺术，摄影、灯光、剪辑等环节都做出了贡献。《大魔咒》的摄影尤其出色，凝重的色调，略显粗糙的画质，都加强了片子的沉重和激烈。

也是反映交警生活的《迭山情》和《蓝白之上》，由于突出了少数民族地区的风情，编导有意将片子拍得如同一部风光片，纯正美丽的色彩烘托出快乐热情的气氛，让观众眼前一亮，真正达到了赏心悦目的效果。

微电影自诞生之日起，就因其形式的灵活和网络的有力支持而发展迅速，其本身的艺术规律也日渐成熟。我认为，微电影的特点，决定了它和大电影在艺术的把握上既有一致性，也有独特性。它遵循着电影创作的规律，也因着自身特点而有着细微的变化。特别是在影片的风格确定上，在氛围的营造上，要更鲜明，在细节的使用上也要更有意地突出一些，甚至夸张一些。因为篇幅的短小，一瞬即逝的画面实在容不得耐心琢磨和反复强调，要让观众一目了然。

《消失的白玲花》写边境缉毒斗争。当载着我方卧底民警和毒贩的汽车就要驶进我们预设的包围圈时，一名村民突然出现在土路上，质问民警趴在他的地里干什么。汽车越来越近，农民仍在和潜伏民警纠缠不休，警惕的毒贩握紧了枪柄……反复的镜头使气氛如同绷紧的弦，一点一点地推进，一点一点地向爆发发展。这便把整部片子推向了高潮，让观众和剧中人一起捏着一把汗，为车上和毒贩坐在一起的卧底民警担心。这部剧从总体上讲应该说还有些瑕疵，但这一场戏，却是非常成功地营造出了紧张的氛围，为人物的塑造起到了非常好的作用。而描写青年民警爱情生活的《守候》，为了突出恋爱的温馨与甜蜜，甚至将抓捕的过程都压缩到最短，以保持全剧那种温情脉脉的氛围。总之，公安题材微电影作品的创作，要很好地学习借鉴各种电影流派艺术的经验，努力把公安题材微电影的艺术水平提升到一个新的高度。

公安微电影的生活剪裁

微电影创作，是在当下全国公安机关开展得很红火的一项文化宣传活动。这不仅仅是因为行政主管部门的大力倡导，更是因为微电影在公安文化宣传中发挥着独到的作用，具备了很多其他艺术形式所不具备的优势。

这也就造成了一种现象：在各地公安机关制作的微电影作品中，有很多直接来源于生活，来源于制作者所在单位的真实工作情况和真实感人事迹，来源于影片制作者的生活积累和感触。

这是一件好事，说明广大的公安文化工作者有一种直接为火热的公安工作和公安生活实践服务的自觉。有幸作为本届全国公安机关“三微”大赛的评委，我最近连续看了近两百部公安微电影作品，其中不乏这样的感人之作。欣喜之余，也有几点感受，愿和大家分享。

生活的积累对于我们这些从事公安文化工作的人来说，也许不是什么问题。我们就生活在公安工作那紧张、艰苦、激烈的斗争环境中，那些先进事迹就发生在我们身边的战友身上，一切都是鲜活的，都是真实的，都是催人泪下的。但是，也正因为如此，我们在进行艺术创作时，往往会忽略对生活积累进行剪裁的重要性，我们常常会在激动之余浪费了手里的好材料，没能把这些好材料转化成一部好作品。

其实这是我们在从事任何一种公安文学作品的创作时都存在的问题，只不过在直观、精练的微电影中，这个问题随着画面对观众的直接影响也变得更直观了。如在这次参评的微电影作品中，有一批消防题材的作品。这批作品大多制作精良，达到了较高的艺术水准，但看下来发现它们或多或少地会有重复之感。这说明什么？说明创作者在创作过程中没能着重对生活进行更细致的观察和更精确的剪裁，说明我们在艺术上对生活的加工还不够彻底。但其中有一部由黑龙江消防部门组织拍摄的《冰与火》，在这方面就显得别出心裁。也说的是消防官兵不惧艰苦、不怕牺牲的故事，也显现的是他们对待人民群众的那种赤子真情，但作者选取了深山里的少数民族聚集区为背景，既表现了消防官兵生活的艰苦，更突出了因少数民族同胞对火的自然崇拜和消防工作的矛盾而带来的冲突。这种生活就是独特的，这种对生活的剪裁就是独具匠心的，影片的标题《冰与火》，更是把这种独特的地域风情画龙点睛地表达了出来。

《鞋垫奶奶》是一部表现交警工作的影片，是一部以真实故事改编而成的作品。交警每天在路上执勤，会遇到各式各样的情况。作者从生活中只提取出一个卖鞋垫的老奶奶和交警从对立到相互理解，再到亲如一家的过程，营造出一种温馨，也把交警的严格执法、热情服务表现得淋漓尽致。交警的工作与生活也是一个出好作品的题材，在这次竞赛中，《铁人交警》、《迭山情》、《雾中风景》，等等，都属上乘之作。《警在囧途之异路同行》，则巧妙地把几起典型的交通违章集中串联在大年三十下午的路上，让一名应该回家过年的交警无奈地担负起送一个男孩子回家的任务。囧途，却能引起观众的笑声和对交警的敬佩，不能不说作者的剪裁功夫发挥了重要的作用。超载的面包车被交警拦下，交警要求放下一个人才能继续上路，车主就趁交警不注意扔下一个搭车的男孩子跑了。淘气的男孩子对交警有成见，在交警送他回家的路上不断利用交警处理各种违章的机会逃跑，故意和交警作对，直至最后被交警叔叔感动。当除夕的烟花升起时，交警和家人在办公室里团聚，作品圆满地完成了“我奉献，我快乐”的主题。

很多时候，生活积累越丰厚，我们在创作时越无从下手，这是很多人在开始尝试文艺创作时都会遇到的难题。要学会取舍，学会剪裁，要努力选择最能打动人的，最具备某种特点的，最能吸引读者或观众的东西。有时候，一个不显眼的小细节，往往能成为最说明主题的节点，也是最感人的泪点。

当年写报告文学《大庆涅槃》，是讲的北京市公安局烈士崔大庆的故事。采访中有一个细节最感动我，崔大庆牺牲时正是他的“本命年”，按民俗，他腰间系了根红腰带。有人说这不好写在文章里，是迷信，我却以为，这恰恰表达出了一名普通民警对生活的一种美好期冀。

公安微电影的细节运用

为全国公安机关“三微”大赛做评委，实属时间紧任务重的工作。在短短一天半的时间内，近两百部公安题材微电影看下来，俨然也是一次“疲劳轰炸”，看得头昏眼花。但总的来说，始终是一种欣喜的心情。因为看到了微电影这一新兴的文艺形式，在全国公安系统的蓬勃发展和不断进步。

在我看来，微电影很有些像文学里的微型小说：短小，精练，截取生活中的一个横断面，展现一段故事的同时表达一种情绪。但是，要在这样小的篇幅里完整地讲好一个故事，把情绪表达清晰，也并不容易。这两年公安微电影发展迅速，微电影的艺术性不断提高，众多制作者在微电影的制作过程中注意到了努力提高作品的艺术水准，在谋篇布局、营造气氛、讲述故事上，都下了许多功夫。在细节的构思和使用上，也有不少匠心独具的作品。

创作微型小说的高手都知道，一篇好的微型小说要写得有韵味，一定要有精巧的细节设置。微电影也同样如此。小说的细节靠语言，靠叙述，电影是视觉艺术，除了语言之外，更重要的就要靠画面，靠场景、道具的设计。也许是巧合吧，今年参评的有几部描写铁路警察工作生活的微电影，质量均属上乘，而且都有很巧妙的细节设计，表现出了创作者的精心。《礼物》，表现一对新婚不久的双警夫妻，在紧张的春运保卫中，终于有时间可以团聚，却因为都想给对方一个惊喜，一个悄悄赶到了婆家，一个却去了岳父家，到底还是没见到面。在视频电话里，他们拿出了各自给对方准备的礼物：一样的包装，一样的礼品，他们不约而同地选择了在他们爱情中最有纪念意义的物品。这件小小的礼物，不仅让小夫妻热泪盈眶，也让观众深受感动。《出关》，一个满心绝望的男子走出嘉峪关车站，企图在戈壁滩上结束生命，被一名铁路民警救下。民警告诉他，戈壁的风俗，捡一块石头往自己身后扔去，代表着忘记过去，坚信未来。几年后，重新振作起来的男子回到戈壁找这位民警，然而这位民警已因癌症去世，他的坟上全是戈壁的卵石。男子跪倒在坟前，再次捡起了一块石头，向身后扔去。两部片子，两个细节，代表温馨的礼品，象征坚韧的石头，都是影片的点睛之笔。有了这样的细节，影片便有了撼动人心的力量。

好的细节也可以靠演员演出来，但那大多也要依靠编导的设计。《守候》是一部很温暖的作品，一间深夜里还亮着灯的咖啡屋，一个在这里温习功课的女孩儿，一个每晚来这里买两杯咖啡的男孩儿。两个人在日复一日的邂逅里暗生情愫，女孩儿时刻等待着男孩儿主动来打招呼。当男孩儿终于站到女孩儿面前时，一切却被突然打断了。原来男孩儿是在深夜蹲守犯罪嫌疑人的刑警，在关键时刻嫌疑人终于出现，男孩儿义无反顾地追了上去。从此男孩儿消失了，当他伤愈后再次出现在咖啡屋时，“两杯拿铁”，熟悉的声音让一切都化为温暖。这句话是男孩儿每次进门都会说的，却是一次比一次有内容，有效地推进了剧情的发展。这句话无疑是一个非常好的细节，编导的设置，演员的表演，让这句普通的话语有了内涵，有了让观众回味的东西。

细节的设计要来自生活，要有生活的浓厚气息。要和剧情紧密联系，有机地结合起来。细节是为剧情发展服务的，脱离了剧情的细节，有时会有画蛇添足之感。而使用不当或者被忽略的细节，也会留下遗憾。有一部片子描写一位不是本地人的社区民警克服语言障碍赢得当地群众满意的故事，片子开始就是一段他因语言不通被群众投诉的尴尬情节。这本来是很吸引观众的，但可惜的是这个细节没有被很好利用，接下来竟逐渐淡化了，这便使这位优秀民警的事迹少了很多生动感。其实，语言不通这个细节是非常有个性的，可以讲出许多有趣的故事，甚至可以构成这部作品的主线。

微电影在全国公安机关的普及，是一件公安文化建设中的大好事。微电影的作用到底有多大，还需要我们在实践中很好研究，而把微电影拍好，是我们当前要做的事情。在这之间，对作品艺术上的精心雕琢，是非常重要的。

从汾阳到帕特森

汾阳，是著名电影导演贾樟柯早期作品中的一个地域文化符号。从《站台》到《小武》、《任逍遥》，故事都发生在这座晋中小城，洋溢着浓浓的山西风情。而帕特森，是美国新泽西州的一座小镇。把相隔万里的两地联系起来的，是我刚刚看到的美国著名导演吉姆·贾木许的2016年新作《帕特森》。

作为中国第六代导演领军人物的贾樟柯，始终把创作的笔墨落在他的故乡汾阳，用掺杂着眷恋与怨恨的复杂眼光，描绘着小城单调、平淡，甚至窒息的生活。即使后来的他走出了汾阳，但他的叙事仍然离不开中小城市的独特视角。而在美国，小城镇生活也始终是文艺创作的主题之一，《帕特森》便是最新的一部优秀作品。将二者做一比较，其实是很有意思的事情。

和贾樟柯异曲同工，《帕特森》的视线也落在小镇平淡无奇的生活上。这里没有任何激烈的故事，除了小狗撕毁了主人公的诗稿之外，甚至没有任何人物情绪上的波动。主人公是位公交车司机，每天从事着周而复始的劳动，仅有的爱好就是写写诗，晚上牵着小狗到酒吧喝一杯啤酒。在这部电影里，夫妻恩爱，邻里和睦，街头偶遇的小流氓都充满善意，唯一可能让小镇居民们也是让观众们不满的，就是那种导演刻意表现出的重复感，以及重复感给人们带来的厌倦。主人公也叫帕特森，和小镇同名，显然是导演的精心设计。剧中不时出现的各种肤色、年龄的双胞胎，也暗示着重叠和轮回。影片高潮处，帕特森在妻子的鼓励下决定去把自己的诗作印成诗集的前夜，小狗撕毁了帕特森写在笔记本上的诗稿，毁掉了主人公生活中唯一的乐趣。就是看到这里，使我联想到了贾樟柯的作品。那种小城市生活的平淡压抑，那种深深的失败感，竟然跨越了千山万水，形成了人类情感上的一种共通。

影片结尾，灰心丧气的帕特森在公园偶遇一位日本诗人，诗人送给他一本极具象征意义的空白笔记本。在淡淡的音乐声中，沉思半晌的帕特森重新开始写诗了。这个结尾不能不说在设计上有点儿矫情，但在低沉的整体格调中却是一抹亮色，是我觉得吉姆·贾木许比贾樟柯更胜一筹的地方。因为他给了观众希望。

文艺创作，是应该给受众带去希望的。

继贾樟柯之后，中国影坛曾经出现了多部以小城市生活为描写对象的影视作品，隐约也形成过一种创作走向。但是，综观这些作品，多数色调偏于灰暗，故事偏于消沉，甚至以揭露所谓阴暗面为主调，渲染着各种扭曲状态下的人性。当然，适度的揭露与批判是必要的，是社会进步的动力，但在一部完整的影片中不能给观众带去一种对未来的希望，不能不说是极大的缺憾，是对文艺职能的一种缺失。

其实不仅仅是这一类作品存在这样的问题，我们的文艺创作有意或无意地忽视教化功能，流于单纯的娱乐或批判，是当下具有普遍性且亟待解决的问题。而文艺应该说从萌生的那一天起，就承担了给人类生存注入希望的职责。原始人在篝火旁的第一声歌唱，在岩石上的第一笔勾勒，都充满着憧憬，都是对未来的向往。而时至今日，难道我们竟然忘记了这些道理?

希望不是不切实际的空想，更不是单纯物质的饱足。如果日本诗人给了帕特森一笔用于出版诗集的钱款，那是文化的堕落。而全新的笔记本上，却可以任由人们抒发真实的情感，继续自己的追求和梦想。这使我不由得记起一位中国诗人说过的话：每一个中国人的小梦想，融汇到一起，就是伟大的中国梦了。我们从一部美国影片中，竟然也得到了这样的启迪。

世上最好看的花是片花

首先需要解释一下，什么是片花。

片花是影视剧拍摄单位为了宣传自己的作品，特别是为了向作品收购方进行推销，而特意从已拍摄好的成品中选择剪辑而成的宣传片，一般长度为几分钟，最长不过十几分钟。可想而知，这样的短短篇幅，既要说明大概剧情，又要展示出拍摄技术的娴熟和高超的审美质量，拍摄单位对片花的重视程度都是非常之高的。

但是片花被重视到我下面所说这部作品，也是少见。此剧的片花一出，舆论就一片哗然，竟然有人得出这样的结论，“世上最好看的花是片花”。

我们姑且隐去此剧的名称，只引用对该片花的评论，曰：“该剧的美学体系，其大胆的色彩玩法，让人觉得以前看到的都是假剧”，“整体的质感和特效体系，从片花传达出的信息看，确实是在向大片看齐”。据称，该片花一出，立即引爆娱乐圈，某重量级的电视台立刻将该剧锁定，各大网站也向拍摄方伸出了橄榄枝，各方所谈的购片价格，尽管是商业机密，也被眼热的人们议论到了天价。

但是接下来的故事比电视剧的剧情还要有意思。被鼓舞得信心百倍的拍摄方马上又剪辑出了一部时长一个小时的版本，而这个版本竟然像是专门出来拆台的，被吹大的肥皂泡瞬间破灭，负面消息由此层出不穷，直至最终传出了电视台退货的消息。据说，理由是“看不懂”。

由宠儿变弃儿，这部电视剧过山车似的经历，教训其实是留给整个文艺圈的。

现在搞文艺，其实大家都在做片花。一本新书出版发行，封面上密密麻麻的是“某某强力推荐”、“某某电视台已经签约”的字样，甚至连书名都被挤到了角落里。这算是一种片花。书法家和画家们，每每都印有宣传小册子，在各种公共场合散发，当然尽是自我表扬或借旁人之口表扬的话语。这也算是一种片花。片花当然不都是虚夸的，作为有实力的艺术家，必要的宣传和推广也在情理之中。但问题是现在往往最好看的片花最不经推敲，如我们说到的这部电视剧，最终得到的最准确的评价是：“最好看的都剪辑在片花里了。”真的让人有欺骗世人之感。

曾见到有位狂妄的书法爱好者，自己打出的名号是“与王羲之齐名”。我辈善良，只宽容地以为此人无知，不知天高地厚。但如这部电视剧的拍摄者，却好像是明知山有虎偏向虎山行的感觉，瞪着眼睛说瞎话不提，据说当电视台婉转地提出修改意见时，还执拗地坚持不改。是妄自尊大？是性格偏执？但不要忘记，片花再美丽，也不过是障眼法，最终总会被揭穿。拿给观众一粒精致的纽扣，并不能让观众相信你那件华服是多么艳丽。这样的弄虚作假，这样的傲慢不逊，最终砸的是自己的牌子。

其实艺术最来不得虚假，因为它是要经受大众的检验的。尤其当今网络发达，人人都是剧评家，丝毫的不真诚，都逃不脱群众的法眼，免不得人人口诛笔伐。“与王羲之齐名”的书法爱好者，因是个人行为自我陶醉，满足了私欲也就罢了，大概没人太较真。可是一部影视巨制，从投资方到电视台，再到广大的观众，你的欺骗却伤害着众多人的利益，动摇着人们的诚信观。而且，最终被损伤的，是文艺的良心。

文艺没有良心，如同人没有灵魂。

让年轻一代走向台前

八一建军节期间，电影《建军大业》掀起一波观影热潮，也引发了一片议论。特别是关于其中所谓“小鲜肉”出演革命前辈的话题，争论之激烈，观点之相悖，也算前所未有。

出于种种原因，我至今没进影院去看《建军大业》，无从对电影本身加以评论。倒是从网络上读到国家广电部门一位主要领导关于“小鲜肉”问题的阐述，引起了我的一点儿思考。

这位领导指出：一个没有青年的事业是没有前途的事业，中国电影不可能不给青年人留出上位空间。他们，或他们经济人的种种不懂事都是暂时的，可校正的，可他们玉树临风、白衣胜雪的身影是中国电影需要的。岁月更迭，无论对他们怎么不满，他们必然接了我们的班，这无法回避。就此，这位同志提出：那干脆不回避，让他们和我们并肩作战，谁能说这不是一次茁壮成长呢？他还语重心长地对青年人“喊话”道：只要他们“不迁怒，不贰过”，不“士而怀居”、“士而怀土”，他们就是中国电影的未来。

查阅资料，“不迁怒，不贰过”出于《论语·雍也》，意思是说自己不高兴的事不要转嫁于别人，不要犯两次同样的错误。而另两句话也出自《论语》。《论语·里仁》中有“君子怀德，小人怀土；君子怀刑，小人怀惠”。大意是说，君子胸怀远大理想和道德，而小人只惦记他的那一方水土；君子敬畏国家的法律政令，而小人只求有利可图。孔子还说，“士而怀居，不足以为士矣”。

这些出自中国传统文化传承的精辟之语，确是给当下所有的青年人，不仅仅是银幕上的“小鲜肉”们，一种善意的提醒和教诲，是过来人对后来者的关怀与警示，有沉重的责任意识和深厚的情意蕴含其中。这位领导是从中国电影的大局与发展前景出发，为中国电影的新生力量在鼓劲加油。

确实如这位领导所说，没有青年的事业是没有前途的事业。不仅是中国电影，任何事业都是如此，都应给青年人留下上位的空间。要热情而大胆地扶植青年人，要引导他们在正确的轨道上前行，甚至要允许他们摔跟头、犯错误，要让他们在实践中成长。想一想，其实所有的艺术家们当年也都是“小鲜肉”，一代一代的“小鲜肉”成长、成熟，才能使文化的传承永不断档。

当下的青年人确实思想活跃，也确有一些人在道德规范、行为举止、精神状态上存在这样或那样的问题。“小鲜肉”由一个不带感情色彩的中性形容词，渐渐成了略有贬义的词汇，也正是因为个别人的言行令社会侧目。问题不能回避，排斥青年人更不是办法。也许，让这些青年演员亲身体验一下革命前辈的斗争生活，不失为一种教育和一种推动。

想想公安文化的传承发展，也是一代人一代人薪火相传的结果。我们的前辈已经退出历史舞台，我们这一代也正在渐渐淡出。能够让公安文化永远在党的旗帜下保持鲜明的政治属性和职业特色，也需要新一代公安文化人的坚守、继承和发展。“江山代有才人出，各领风骚数百年”，要想让事业之树常青，就要不断让年轻一代走向台前，让他们去歌、去舞，去展示他们年轻的风采。

《建军大业》在热情讴歌革命前辈的丰功伟绩的同时，给予我们这样的启迪，于我们来说也是一种收获。

公安题材影视需要什么

在艺术领域，跟风应该说是最被唾弃的做法。艺术的标准其实不在形式，不在表现手法，甚至不在故事，而在于通过形式、手法、故事所表现出的内在的精神内涵。但说起来容易，做起来却似乎不是那么回事，很多人并不重视内涵的思考和提炼，却总是在形式、手法和故事上亦步亦趋地模仿着前人的东西。跟风的情节重复上演着，尤其是在当下被资本所左右的影视圈里。

公安题材影视亦不能幸免。一部《湄公河行动》，也许再加上一部《战狼 2》，动作大片瞬间在影视界俨然成了公安题材艺术突破的唯一路径。据我所知，有一大批相似得如同孪生兄弟般的影视作品，正在创作与筹备之中。一波跟风浪潮，正迅猛地掀起。

《湄公河行动》当然是好片子，称得上公安题材影视的突破之作，其创作经验值得很好总结。《战狼 2》所取得的成绩也是有目共睹。但艺术毕竟是艺术，曾有人说：第一个把女人比喻为鲜花的人是聪明人，第二个就是傻瓜。这句通俗易懂而且被人们重复说过的话，其实表达出的是艺术的一种真谛。不断地寻求突破，不断地探索新的艺术表现形式，不断地在生活中挖掘故事素材，艺术才能有永不衰竭的动力与活力。

有意识地摆脱重复，是对艺术家的挑战，也是对他们艺术功力的考验。保持个体风格当然是艺术家的标签，是他们个性的体现，但超越自己却永远应该是艺术家的不懈追求。

公安题材影视其实有着丰厚的创作基础与素材，它本就是生长在火热公安斗争生活土壤里的鲜花，可以有千姿百态的风采。而跟风创作，其实表现出的是一种单纯的逐利心态，也是一种在艺术上的投机取巧。在这种跟风浪潮中，公安斗争生活、公安英雄事迹，无形中成了某些影视大鳄的挣钱工具，这样下去，《湄公河行动》中呈现出的英雄正气，终将在跟风中渐渐委顿，只剩下刀光剑影里的浮夸与噱头。

有人说，当下影视创作离不开资本的运作，跟风也许是一种保值。但这种保值实际上也是脆弱的，当跟风被观众厌倦并唾弃，失败的是艺术，也是资本。而这种厌倦与唾弃一般会来得很快，这不能埋怨观众喜新厌旧的速度，而只能用一个幽默而浅显的比喻来说明问题：如果让一个人连续吃三天炸酱面，即便是美味，但会不会厌烦？

公安题材影视需要多样化。这种多样化是艺术形式上的，也是故事内容上的。我们当然要尊重观众的选择，但我们更要保持创作上的清醒。起码，我们应该明白，公安题材影视不仅需要拳拳到肉的火爆，也需要温暖入心的清风，还需要荡气回肠的悲壮。我们的生活素材，原本就是不缺乏这样的故事的。

其实在中国的电影银幕上，近期已经产生了多种类型的影片，呈现出了中国电影丰富多彩的一面。很值得我们思考的是，如《嘉年华》、《老兽》、《二十二》等作品，其实都或多或少与公安、与法治有关联。它们的成就，甚至它们的不足，不失为公安题材影视创作的一种借鉴。回到公安题材本身，最近也有两部影片值得一提，一是把岭南历史文化与缉毒斗争糅合在一起的《西关大屋》，一是取材于北京真实刑侦案例的《血十三》。前者，在地域文化与公安题材的融合上做出了有益的尝试；后者，在国产影片悬疑、惊悚样式的运用上有所突破。尽管说它们都还有着这样或那样的缺点或不足，但它们勇于创新的意识值得称赞。

公安题材影视需要什么，也许是个永远没有标准答案的问题。但需要艺术上的不断创新，是任何时候都不会错的。

趣谈

由美食所想到的

把美食和文化紧密联系在一起，甚至把美食视为文化的重要部分，似乎只有中国人如此。世界各国也有美食，但我孤陋寡闻，印象里多是强调食材的珍稀、加工的精细和味道的纯美，与文化大抵无关。更不用说会有那些诸如麻婆豆腐、东坡肉、宫保鸡丁等背后有着悠久历史和趣闻故事的美味佳肴了。

余生恨晚，许多美食故事只能从书本上读来。最早应该是陆文夫先生的名作《美食家》了，当时读得津津有味。美食者，还能成名成家，也是那时才知道，之前我辈是只知道“文化大革命”中的忆苦饭的。时至今日，书店里的美食书籍铺天盖地，而且大多图文并茂，让人翻开书页就有唾液生出，不禁浮想联翩。这之中我最偏爱者，还是有关美食与文化的那些关联，总觉得回味无穷，有许多可琢磨之处。

中国人热爱美食由来已久，但从历史上看，最初并不是喜剧故事，更多的是辛酸和苦难。翻开中国史，饿殍遍野是常见的词汇，人吃人的惨剧也常常上演。“民以食为天”，几乎是中国人垂死挣扎的呐喊。著名的昏庸皇帝晋惠帝（259—307），曾有句著名的言语："没有饭吃，他们为什么不吃肉粥呢?"有君如此，民何以堪？而在这样的悲惨境地里，美食为何能成为中国文化的一部分，全在于中国人面对困难的坚强不屈和苦中作乐的豁达。看看流传至今的那些名菜吧，叫化鸡，是乞丐的创造；四川火锅，是船夫的发明；北京著名小吃豆汁儿，是从城市贫民而传入宫廷的；四川有名的夫妻肺片，也是由街头小贩而引起达官显贵们的喜好。今天的美味，是昨天的窘迫，更是劳动人民的一种智慧和向往。把对美好生活的期盼融注到各色食材上，刀功、火候都有了别样的心情，美食也就诞生了。

著名美食家赵珩先生的《老饕漫笔》和《老饕续笔》，许多篇什是读了多遍的，深感回味隽永。赵先生家学渊源深厚，他的文章引经据典，娓娓道来，妙趣横生。印象最深的，是他回忆自己兵团生活的《又到中秋月圆时》。写一次孤身在沙漠里执行任务，夜宿小村，疲惫不堪，见皓月当空，方想起时在中秋，手边却只有两个冷馒头。赵先生敲开供销社的门，买了些白糖，掰开馒头夹进去，自制成了两个"月饼"。独坐沙漠，仰望明月，彼时赵先生的心情，不是凄凉，却是感动，"不知是天地拥抱了我，还是我拥抱着天地?"每每读到此，我都被这"感动"二字所感动，只觉得那般困境，先生却是苦中作乐，甘之若饴，中国人的乐观生活态度，可见一斑了。而正因为有这种乐观精神，战乱频频，灾难重重，中华民族却顽强地繁衍生息，发展壮大。美食文化告诉我们的，是一个伟大民族的生存密码。

今天中华美食的发展，已经丰富到让人眼花缭乱的地步了。不管川鲁闽粤，哪一个厨师都在绞尽脑汁地花样翻新，不断创造着新的美食奇迹。这当然是食客们的口福，而且，不仅是中国食客的口福。君不见，中华料理已经在全球攻城略地，成为全世界人民的共同财富，让白皮肤和黑皮肤都馋涎欲滴了。而我，却只希望，不要在这种繁荣中淡化了中国美食的文化蕴含。如果北京烤鸭也成了星期五餐厅里的美国大猪排，我以为是悲哀。

真正流传于世的美食都是和黎民百姓紧密相连的。这其实和文化的发展同理，所谓“扎根人民深入生活”。这些年出差较多，在许多基层公安机关吃过食堂饭，内蒙古的莜面鱼子，江南的油焖笋，鸭绿江口的炖江鱼，青海湖边的糌粑。警务保障这些年也是突飞猛进地发展，融汇其中的，当然是对基层民警的关爱，也是公安文化的一部分吧。我印象最深的一次，是在苏州。春天已至，草长莺飞，派出所食堂桌上，多是香椿、草头、春笋之类，一律清炒，少用荤腥，那真的是满室清香。所长笑说：“都是这个季节苏州最不值钱的东西。”我却想：从文化的角度说，这一桌的雅致，远胜过某些高档会所里的鱼翅燕窝了。

年味浓淡总相宜

北京的春节，曾经是很有味道的。

“味道”这两个字，其实很难解释。在《现代汉语词典》里，说是“物质所具有的能使舌头得到某种味觉的特性”，这解释有些如老北京人所说，有点儿“绕脖子”，意指把简单的事物往复杂里讲。但《现代汉语词典》接下来还说了，味道，亦指意味、趣味。这便似乎又有些把复杂的说简单了。意味、趣味都是人们可意会不可言传的感触，都是人们生理、心理和文化素养融会贯通交织而成的品位，哪里是一句话两句话可以说明白的？

春节的味道，北京的味道，一座文化城市的节庆味道，就这样因复杂而丰富，而淳厚，而多姿多彩。让人回忆起来，也是别有滋味在心头的感觉。

我的童年时代，生活还不富裕。过年能穿上新衣服，吃上凭证购买的鱼和肉，还是孩子们的梦想。小伙伴们过年放鞭炮，舍不得把成挂的鞭炮一次性点燃，而是耐心地拆开，然后一个一个地去放。胡同里的鞭炮声总是零零星星，却也此起彼伏，和今天动辄就是数千头的长鞭相比，别有一番情趣。有的鞭炮在这个过程中掉了炮捻儿，也是舍不得扔的，要折断了放“呲花”。那时的北京没有雾霾，天气要比现在清冷，勤快的主妇们把炖好的鱼肉、蒸好的馒头和芥末墩儿、肉皮冻之类，都用小盆扣好放在南房的窗檐下。那时北京过年有讲究，“破五”之前家里不动火，顿顿就吃这些带冰碴儿的冷菜。记得我的父亲肠胃不好，“破五”前去给老亲戚家拜年就成了苦差事，叫苦不迭。偏偏母亲是老北京旗人出身，礼数周到，老两口就常常为此发生小口角，仿佛是我家过年必有的一段插曲。

不知道为什么，我家年三十儿晚上的饺子必是素馅儿。是北京的习惯，还是满族的风俗？白菜、胡萝卜、黄花、木耳、粉丝……一样一样地剁成馅儿，再搅拌在一起，调和以香油、酱油和盐。作为孩子，这种寡淡的滋味很不可口。而且，过年的饺子必定要包得精致，个个要如拇指大小，姥姥还要精心地捏出花边来。这烦琐的工作让我在年三十儿的夜晚昏昏欲睡，却又不敢躺下，因为家长已经把除夕熬夜这件事说得神圣而又神秘，错过了将是一年的遗憾。

北京春节的味道，或者说意味、趣味，就是由这些琐碎组成的。饺子的清淡，冷菜的清凉，其实只是年的点缀。老北京过年的氛围，是由拜年时的祝福和聚会时的其乐融融组成的。隔壁邻居一家兄弟姐妹多，且个个多才多艺，吹拉弹唱样样精通，他们家的春节就是一台不落幕的晚会。那时的人与人，关系单纯而朴实。记忆里印象最深的，是我的一位亲戚，听说我喜欢集邮，年前专门跑到东华门的集邮门市部，为我买了一套精美的邮票做新年礼物。说是一套，其实少一张，是其中最贵的那张。我知道他是舍不得了，那张邮票当时应该是他家几天的生活费。因此，我从来没有怨他，而那一年的春节，在我心里是最幸福的，味道也是最浓的。

春节就这样一年一年地过。物质也许匮乏，亲情却是深厚。时至今日，人们常常抱怨春节已经不像是节日了，说起来理由多多，其实最重要的，也是抱怨亲情似乎淡了。

我倒是觉得，亲情未必是淡了，而是随着时代的变化在变化着。过去年三十儿的守岁，只有包饺子聊闲篇儿，现在却有热热闹闹的央视春晚陪伴着了。过去让大家馋涎欲滴的鱼和肉，现在让减肥的姑娘们唯恐避之不及。过去三角五角的压岁钱，现在变成了上千元的大红包。满街上绚丽缤纷的烟花，已经让孩子们再也没有了拆鞭炮的兴趣，而节前节后那浩浩荡荡的春运大军，应该说是当下亲情的最好象征，那种拉扯不断的情感，浓缩在了千里万里的路途上。

浓与淡也是一种辩证。当年的浓，其实也体现出生活的某种艰难。今天的淡，却洋溢着国人富足之后的幸福感。年的味道，是浓淡总相宜的，有年，就有中国人的圆满；有年，就有中国人的快乐。不要总埋怨大家只顾埋头在微博、微信里，能让天南地北的亲情友情近在咫尺，也只有依赖这种高科技的手段。其实浓与淡，都在人的心里。在澳州留学的女儿，虽然远在千里，但每晚的视频让我们比她在家的时候还亲，就在我躲在书房里写这篇小稿时，她妈妈正在视频上教她炒鸡蛋。

浓与淡，都在我们把亲情放在什么地方。放在心底了，就是浓淡总相宜的愉悦。

一字之师的魅力

喜欢公安诗人苏雨景的诗，尤其是那首《这一段光阴》：“公大一隅　一些地锦/手牵着手连成一片　我专注地禅悟/这顽强的生长　这本色的欢愉/此时　我的一切都嫁给了我的心/这必定　是我最爱的一段光阴”。其中那一个“嫁”字，真的打动了我，因为它准确地表现出了一个女性诗人的特点和一种深沉的爱意。

在中国的语言与文字中，很多时候一个字是重于泰山的。

语言文字是文化的重要载体。中华文化流传千年，语言和文字的丰富自不待言。据说，目前常用的方块字只有 3000 多个，但没有人不承认，其中传达出的情感和意境，却远远不是数字可以统计的。翻开史册，翻开教科书，有多少一字之师的故事，让我们回味无穷。

最著名的当然是唐代诗人贾岛的“推敲”了。贾岛号称苦吟派诗人，遣词造句最是认真，“鸟宿池边树，僧推月下门”，用“推”好，用“敲”好，诗人苦苦思索，拿不定主意，以致魂不守舍，骑驴冲撞了高官的依仗队，也给后人留下了“推敲”这样一个常用词。北宋王安石的名句“春风又绿江南岸”，据说先后用了“到”、“过”、“入”、“满”，都不合意，最后才用了这个“绿”字，也算得神来之笔了。

传说大诗人苏东坡常与胞妹苏小妹“过招”。有一回，苏小妹轻吟出八个字：“轻风细柳，淡月梅花。”苏东坡即加上“摇、映”二字，凑成五绝二句：“轻风摇细柳，淡月映梅花”，苏小妹摇头，称为下品。苏东坡又改为“舞、隐”二字，成为“轻风舞细柳，淡月隐梅花”。苏小妹则笑说：“不错了，但仍不是上品。”东坡告饶，小妹徐徐吟道：“轻风扶细柳，淡月失梅花。”于是，名满天下的大诗人只剩下叹服的份儿。

这故事据说是虚构，有人考证说苏东坡就没有妹妹。那么，我们要说这编故事的人才是真才子。大概，这是个郁郁不得志的读书人吧，姓名湮灭在历史的瀚海之中，只留下这段故事和故事里一闪而过的聪慧。

中国传统诗词，讲究的是韵味，字里行间追求的是细微处的奇巧和美，希望读者从中生发联想与感慨，所以每一个字都是精心雕琢。其实中国古典小说、散文等亦如此。我和许多朋友聊天时都说到名著《水浒传》里的一个例子，说梁山好汉张顺深夜潜入一家妓院厨房，见案上放着把“油晃晃的菜刀”。金圣叹批《水浒传》，对此细节大加赞赏，说，如作“明晃晃”，就逊色了。细想想，果真如此，“明晃晃”不过是把刀而已，顶多是把好刀，而“油晃晃”却是充分表现出了妓院“朱门酒肉臭”的奢靡。一字之差，内涵真的是天壤之别。

所以，中国自古就有一字师之说。贾岛先生冲撞了高官，这高官偏偏是大文人韩愈。韩大人不仅没有责怪诗人，反而耐心开导说：还是“敲”好，你想想，深夜拜访，当然要敲门啊，有礼貌嘛。况且读起来也响亮。在这里，韩愈就是贾岛的一字之师了，文人相亲，也是中国文学史上一段佳话。

随手拈来如上例证，赞赏的是中国传统文人们的执着与认真。是他们如此的“吟安一个字，拈断数茎须”，才给我们留下了如此博大精深的文化宝藏。反过来再看看我们今天，文字粗劣，史料混乱，李戴张冠，驴唇不对马嘴。前不久，有几家报纸连续在文字上出错误，而且出的错让人瞠目结舌。谁都知道，一张报纸从编辑到印刷是有多个环节的，显然报社从上至下没有一个人秉执了认真的态度，更不要说在文字上的精雕细镌了。中国文化的意境在当代所谓文人眼里已无价值，一字师的精神在许多人那里早已荡然无存。

这是很令人忧虑的现象。

最近出席了一场音乐作品演唱会。其中一首歌中有如此两句：“父母健在，你是我的家乡；送走了老人，你变成我故乡。”听到此，怦然心动。家乡，故乡，用词贴切，蕴含深意，一字之差，却是无限的心痛和眷恋在其中了。欣慰处，继承中华文化传统者，还有人在。

词作者李炳天，著名公安诗人。

轻松读历史

“以史为鉴”这句话，据说是唐太宗说的，表扬大忠臣魏徵。全文是：“以铜为鉴，可以正衣冠；以人为鉴，可以明得失；以史为鉴，可以知兴替。”但也有人考证说，这话其实就是魏徵自己说的，太宗只是复述，意在强调。但不管如何，“以史为鉴”这句名言，自唐起就成为中国人常挂在嘴边上的一句话，说起来似乎就有一种沧桑感和深沉感，进而成为中国人不断进取的一个经验之谈，成为中华文化传承的一条有效途径。前进中的中国人，每每回头察看自己走过的路，或别人走过的路，总是会有诸多感慨和诸多领悟。

如何做到以史为鉴？中华文明历史厚重，源远流长，时至今日，多读书当然是一条有效途径。但史籍多生僻，且浩如烟海，今天的后生小子读起来头疼。于是，近几年就有了一种以诙谐笔调说历史的作品出现，大概要以当年明月的《明朝那些事儿》最为火热吧，从网络红到出版，发行上千万册，轰动一时，也引发了众多的效仿者。近年，有位张发财先生，推出了一本《历史就这七八样》，笔调更挥洒，角度更刁钻，摆脱鸿篇巨制，专心笔记小品，把历史分割成为一个个小细节，以管窥豹，读来也很有些趣味。

例如，他说古代通缉令，先引《水浒》："知县一面申呈本府，一面动了纸海捕文书"，然后指出这是小说演绎，北宋时期还没有通缉一说，"画影图形"的记载最早见于明朝，记载在《明史·黄绾传》中。接着，作者便用夸张的笔法开始调侃了。比如，他说到古代张贴画像其实很罕见，一是因为纸张和印刷技术的限制，二是因为"中国画家不行"，"曾看过家里的祖谱群像，就是一张动物园导游图。依靠他们的作品捉人基本上不可能，除了包大人犯案被通缉。那根本不用找画家，贴张黑卡纸就行。这群笨蛋唯一能画像的就是高晓松，会画冬瓜就可以了"。

看到这儿很担心高晓松愤怒，因为人家毕竟是"腕儿"。但翻翻这书，发现前言就是高"腕儿"写的，原来人家是哥们儿，早有默契的。这也是戏说历史的一种笔法，用网络语言叫"互黑"。

说起来，历史确实过于厚重，史书也确实诘屈聱牙。"以史为鉴"这句话，当然千真万确，但翻开书页就头疼也是事实。把历史变得有趣味吸引人，在当今也是一件好事，但历史从来不应该是一位任凭后人涂脂擦粉的小姑娘，戏说也应该有底线，有原则，有信誉。不能在本就迷雾重重的史实上，增加更多的误读、歧义和偏颇，更不能有意或无意掩盖真相。有位澳大利亚作家，叫约瑟夫·卡米斯，他在《历史大谎言》一书的前言里说："很多时候，久负盛名反倒掩盖了事件本身的真实。”他的话意味深长，点出了历史在流传中的某种荒谬，很值得我们思考。

相对欧亚而言，澳洲历史短暂，且乏善可陈，也许卡米斯先生对此很不甘心，就拼命钻故纸堆，从历史的缝隙里寻找有意思的故事。这与张发财同志倒有异曲同工之处。他的《历史大谎言》确实涉猎很广，研究也深，而且独辟蹊径，拨开层层迷雾，拂去处处尘埃，从“久负盛名”的背后，寻找出诸多的“本身的真实”。这样来做文章，当然会引发读者极大的好奇心，也使这部书成为畅销的非文学类作品。

以史为鉴当然是为现实斗争服务的。这些以诙谐手法来讲历史的通俗书籍，如果内核仍然是严肃的话，倒真的可以使我们对了解历史和研究历史有一个新的思考角度，而这种角度对公安工作而言，也是有借鉴价值的。我们对生活的判断，我们对案件的分析，我们对经验的依赖，也许都应该有一种逆向思维，有一种不探寻到真相不罢休的精神。而历史和生活本身，都会告诉我们很多很多过去我们不知道的东西。

行文至此，想讲一个在另一部书中看到的小故事，也是一则小趣闻吧：想当年，郭沫若、郁达夫和吴稚晖在行文中各有特点，郭喜欢用“哟”字，郁则好用“啊”字，而吴稚晖热衷于在文章中用“呸”字。有好事者作了一首诗，调侃三位文豪，其末两句是：“各有新腔惊俗众，郁啊郭哟稚晖呸。”想想看，这样的故事肯定是不进正史的，但却生动地反映了三位的性格和文风。若给这三位立传的话，这故事大概是免不得的。

抱鱼上床的啼笑皆非

最近在网络上有个署名老树的画家很火。据说此人本是位教育工作者，却酷爱作画。他的画设色绚丽，潇潇洒洒，别具一格，有人评价他说：“用简洁风趣的书画表现形式，诠释着他对生活的点滴感悟，就像记日记一样。”

翻看过许多他的画，确实很喜欢。尤其他给画作配搭的诗句，灵动风趣，直白而有深意。例如，“日子柴米油盐，人生绝非儿戏。春风总会吹远，抱花穿过菜地。”又如，“风中牵牛花开，下地去捆白菜。世上哪有自由？心中找个自在。”这种看似平淡无奇的语言，却能悄悄地拨动人的心弦，其实也是一种文化的力量。中国传统文人，常喜在出世入世上做文章，讲究出则散淡，入亦潇洒。如大诗人李白，出则“五花马，千金裘，呼儿将出换美酒”，入则能让力士脱靴，龙巾拭涎，真真是洒脱得不得了。老树的画与诗，似乎在追求着几分当年诗仙的神韵。

但细细想来，老树的画中蕴意与大诗人的狂放还有不同。现代社会，生活节奏快，生存压力大，远非李白的那个年代可以比拟。有对儿青年朋友，辞了北京的工作，远居云南大理，似乎过上了一种闲云野鹤的生活。但是，仍见他们还是整天趴在电脑上，为生计而忙碌。方知所谓出世，在今天是不大可能的。而老树的画与诗，无非是给这些做着出世梦而在俗世中浸泡的人们，释放一点儿善意而已。“抱花穿过菜地”，花是梦，而菜地是踏实的落脚之处；花是浪漫的心，菜地里却有雨雪风霜。

美国好莱坞号称“造梦工厂”，直言不讳地宣布了美式文化的功能性。其实凡文学艺术都有造梦功能，既表达着一种情绪的宣泄，也是一种对未来的期盼。老树的画与诗恰恰戳中了当代人的某种软肋，抚慰了疲惫而饥渴的心灵。即便是隔靴搔痒吧，也算作“心灵鸡汤”之一种。

熬“鸡汤”也是有讲究的。常听说某某老字号，一锅老汤传承百年，而其配料总是秘而不宣的。中央电视台的《百家讲坛》栏目，很是火了一阵，造就了好几位学术明星，但其中有些人现在已经成了“票房毒药”。熬“鸡汤”也要的是文化积淀，底蕴不够，早晚是开屏的孔雀，转身之间会露出不堪入目之处。

熬“鸡汤”也要技巧。如老树，画与诗都轻松潇洒，赏心悦目，轻轻地点到为止。仿佛武林高手的点穴功，麻酥之处让你缴械投降。

最新看到的老树作品，还是发在网络上的，有个总标题叫《抱鱼上床》，想来是其中一幅画作的题目。心弦不禁被撩拨了一下，觉得有些意思，是老树的一贯风格。这组作品一如既往地被疯狂转载，但有许多人把“抱鱼上床”改作了“抱妻上床”，想想真是云泥之判了。很有些洒脱意味的话语，竟然蜕变成了三级片的情色画面，太让人啼笑皆非了。小小一个字，反映的是某些人文化的堕落。化神奇为腐朽，当下社会很有些人是乐此不疲的。

翻开老树的这组画，找到了那幅《抱鱼上床》。画的是一只憨态可掬的老猫，抱着一条硕大的鱼。画上题诗曰：“天色将晚，抱鱼上床。世间破事，去他个娘。”不禁哑然而笑。掩卷细想，觉得老树此画还是略俗了，显得太过直白。若是画一老渔翁抱鱼上床，是不是更有意味？猫总归是猫，鱼是它此生唯一的追求，直接而粗暴。而人要复杂多了，当一个人的梦想留恋在耕樵渔读之间时，他的心是不是才会更纯净些？

这篇小文章将要发表的时候，见老树果然又上网了一张“老汉抱鱼”的新作，看来也是有所思考了，值得点赞。我们常说要在自己的心底留一方净土，“抱鱼上床”的猫，毕竟还是在世俗中挣扎。

谈谈风马牛不相及

成语是中华语言文化的精华，是提炼自这条文化长河中的一件瑰宝。时至今日，成语已经成为我们语言与文字交流中不可或缺的成分，任何一个中国人说话或书写，都会即兴使用成语。而恰当的成语应用无疑可以为我们增添文采。

但成语的准确内涵是否我们都能掌握？我们会不会用错成语？恐怕还真的不好说。成语来源于几千年的文化传承，这之间的时代变迁、文化融合、语境变化，都使得成语的内涵变得极其丰富。

如“风马牛不相及”这句成语，我们常常使用，它的意思大家也都明白，但其中的这个“风”是什么含义，相信十个人里会有九个说不清楚，包括我。

心血来潮，便下功夫查证了一下。“风马牛不相及”出自《左传·僖公四年》，原文是：“四年春，齐侯以诸侯之师侵蔡，蔡溃，遂伐楚。楚子使与师言曰：‘君处北海，寡人处南海，唯是风马牛不相及也’。”翻译成白话，说的是齐桓公率诸侯讨伐蔡国，蔡灭亡后又乘势攻打楚国。楚国便派了使者来，对齐桓公说："你住在北海，楚国在南海，我们是风马牛不相及啊，为什么要攻打我们呢？"

这句话流传下来，成为成语，至今仍然常常出现在我们的文章中或口头上。但关于其中的这个"风"，却始终众说纷纭，解释不一。据说，曾有三种说法。一是"细微说"。风，指牲畜雌雄之间的相互吸引和诱惑，把"风"用在这儿，意思是说连牲畜之间这样的小事儿我们都不会有关系，别说大事了。二是"远距说"。认为"风"的意思是放逸、走失，意思是相距太远，连走失的牲畜都到不了对方的地面上。后来，有专家根据对在草原上放牧的马牛行为进行研究的结果，又提出了"方向说"，据说当狂风来临时，马总是逆风而行，而牛是顺风而走，所以它们的方向总不相同。

对成语进行这样的查证，我觉得是件很有意思的事情。今天我们对文化的传承越来越重视，已经提升到国家战略的高度来认识，但我们对我们的传统文化真正认识多少？一句普通的、常用的成语，其实考证出了我们的孤陋寡闻，不求甚解。"风马牛不相及"，我们会说、会写，却又有多少人真正了解它的内涵呢？

而且，就算我们准确了解了这句成语的内涵，我们就能够准确地使用它吗？或者说把它用在应该用的地方吗？

也不尽然。我们对成语的掌握和使用仍然有许多偏差和误解。就算"风马牛不相及"这句算是耳熟能详的成语，我们在今天仍然寻找得到许多错误使用的例证。

例如，最近常在广播里听到一则广告，内容是推介某某品牌轮胎的。情节大意是男孩子不愿意开车去接女孩子下班，理由是你们单位门口路太窄，停车要轧马路牙子。于是女孩子大喊：用某某轮胎就行！每每听到这儿，我都觉得不太舒服，突然会从心底泛起一种难过，有一种不小心吃到苍蝇的感觉。也许是对语言文字的使用有种洁癖吧，我非常不喜欢这种不规范、不合理、牵强附会、虚张声势的东西。

先不说广告设计者对这对小男女之间的小纠葛安排得有多矫情，我们只说轧马路牙子与轮胎的好坏，在旧时代的木轮马车上，也许还有直接关联，而在今天，其实与任何一种工业化的轮胎也无直接的因果关系了。也就是说，轧马路牙子和某某轮胎的品质优劣其实是风马牛不相及的关系。广告设计者的构思实在拙劣而粗暴，这则广告的牵强附会和诸多类似的文案，对于中华文化的传承，实在是一种莫名其妙的破坏和歪曲。

其实我们想象得到，是利益的驱使，使某些人只顾追求着那些难以说出口的东西，而放弃了许多应该思考的东西，更不要谈什么“工匠精神”。而我们在这里只想说，不管怎样，别干一些风马牛不相及的事情吧，起码让你的所作所为，能够对得起观众或读者对你的期望。

春节啦，祝您吉祥如意

我虽然不玩收藏，但爱看电视上的“鉴宝”节目，也算给眼睛过过瘾。看来看去，看出一条规律：瓷器也好，玉器也罢，总是要在设计中蕴含着某种吉祥的祝福。雕个蝙蝠加葫芦，这叫“福禄双全”；画个猴子骑马，则为“马上封侯”。总之，借着谐音，说句人人爱听的吉祥话儿，表达出的期盼能否梦想成真，暂且不论，要的是心理上的一种舒坦和感情上的一丝慰藉。

说吉祥话儿是中国的一个文化传统，和外国人的祝福方式大有不同。外国人过生日，反反复复唱一句“祝你生日快乐”，直白得要命。中国人一句“福如东海寿比南山”，有意境，有想象，还有几分得体的吹捧。有文化的感觉就是不一样。读老舍先生的自传体小说《正红旗下》，其中生动描绘了旧时给婴孩儿“洗三”的场景：“白姥姥在炕上盘腿坐好，宽沿的大铜盆里倒上了槐枝艾叶熬成的苦水，冒着热气。参加典礼的老太太们、媳妇们，都先‘添盆’，把一些铜钱放进盆里，并说着吉祥话儿……白姥姥把说了不知多少遍的祝词又一句不漏地喊出来：‘洗洗头，做王侯；洗洗腰，后辈倒比前辈高；洗洗蛋，做知县；洗洗沟，做知州’。”诙谐、欢快，全家人于是皆大欢喜，其乐融融。

春节在即，正是说吉祥话儿最集中也最真挚的时候。春节是中国人最重要的民族节日了，在农耕时代，它寄托的是人们对生活富足的强烈盼望。现在这种意义虽然淡了，但一年的勤劳下来，有个节日供大家高兴高兴，也是件大好事。吉祥话儿，吃年夜饭时要说，祭祀祖先时要说，相互拜年的时候更要说。我小时候，长辈给孩子的红包里可能只有几角钱，但大人们也要郑重其事地嘱咐你，要好好学习天天向上，来年考试得个一百分。这也是祝福，也是吉祥话儿，只不过随着时代的变化有了新的内容。孩子们也不会因钱少而不高兴，当年一个孩子衣兜里如果能有两元钱，那也是在同伴面前很骄傲的事情。

文化的积淀，在岁月的沉积中总是一个巩固、继承和发展的过程。春节历史悠久，据称起源于殷商时期年头岁尾的祭神祭祖活动。到了民国，全国改用公历，把公历的一月一日称为元旦，农历的一月一日就成了春节。随着时光的流逝，春节的文化内涵越来越丰富。有意思的是，春节时的吉祥话儿仅仅用嘴说已嫌不够，花样百出的规矩、禁忌把节日的祝福变得更有趣味了。老北京人过春节，起承转合颇有讲究，从“腊八儿”就算拉开了序幕，腊月二十三的祭灶仪式，是高潮前的铺垫，年三十儿进入高潮，到正月初五算是一个阶段性的小结。正月初五，称为“破五”，在这之前，家里的垃圾是不能往外倒的，寓意财不外流。在这之前，做饭不动火，也不动刀，寓意未来的一年不起纷争。春节期间，不吉利的字眼和粗话，是不能随意出口的，大户人家唱堂会，最先出场的一定是满脸涂金的财神。就算是穷如杨白劳者，过年也要给闺女买根头绳，切记一定要是红的，寄托着红红火火的美好愿望。

一个有着悠久历史，并且历经苦难的民族，在长期不屈不挠的抗争中必然对幸福有着更强烈的渴望和憧憬，也必然反映到这个民族的文化创造之中，融入这个民族的日常生活。当年搞“文化大革命”，其实是革了文化的命，粗暴地切断了民族文化的血脉。那个时候，吉祥话儿不能说了，能说的就是姜昆、李文华的相声《如此照相》里所表现的那些荒谬东西：“为人民服务！同志，问您点儿事。”“要斗私批修！您说吧。”“灭私兴无！我照张相。”“破私立公！照几寸？”“革命无罪！三寸的。”这段相声，八零后、九零后的同志们是听不懂的了，起码他们不会笑，会认为是艺术家在胡编乱造。

也不能否认，过去的吉祥话儿里多少有一些迷信成分，也有一些格调不高。但俗话说，“泼脏水不能把孩子一起泼出去”，“文化大革命”的极“左”做法，终究是要不得的。还是那句老话，文化的传承是一个取其精华去其糟粕的过程。今天的吉祥话儿，更多的是人们彼此的美好祝愿，是对明天幸福生活的企望。春节了，大家在微信里互相说一句“祝你吉祥如意万事大吉”，实在是一件快乐的事情。

而我们在欢乐的节日里献给祖国的祝福，则是我们的心声，是每一个中华儿女的肺腑之言。

快乐的打油诗和打油诗的快乐

微信朋友圈里发生了一次小小的讨论，话题是关于“人走茶凉”的，参加讨论的却都是文学大家。

引发讨论的是一篇名为《人走“茶”应凉》的文章。作者何况，也是一名当代著名作家。而说到“人走茶凉”，我最先想到的，却是现代京剧《沙家浜》里那段著名的唱段：“垒起七星灶，铜壶煮三江；摆开八仙桌，招待十六方。来的都是客，全凭嘴一张；相逢开口笑，过后不思量。人一走，茶就凉，有什么周详不周详。”阿庆嫂与刁德一的智斗里，周旋着的满是中国人的人情世故。

读了何况先生的文章，方知这段唱词原是有出处的。“人走茶凉”算不得成语，却也是人人皆知的一句感叹。何先生考证，此词出于朱元亮辑注校正的明刊本《青楼韵语》，原句是：来的都是客，全凭钱一囊，相逢开口笑，过后不思量。《沙家浜》的作者、著名作家汪曾祺先生，应该是由此引申，创作出了节奏明快、通俗易懂的京剧唱段，流传至今，仍然充满了迷人的艺术魅力。

关于人走了，茶凉还是不凉，有许多说法，但结论其实也是很浅显的。何况先生文章认为，人走了，茶就该凉，也很有道理，此处不多说。微信朋友圈里的讨论，却让我对打油诗这一独特的文艺形式，重新燃起了兴趣。因为何况先生在文中引用了《人民日报》原总编辑范敬宜先生的一首打油诗，全诗为："人走自然茶就凉，不凉反而不正常，只要留得真情在，纵然成冰又何妨。"诗虽打油，但情真意切，细细想来，倒是只有打油诗这样的形式，才能把道理讲得如此清晰、如此准确，而又如此风趣吧。

打油诗由来已久，据传说始于唐代民间。有一平头百姓，名张打油，打油诗即由这位学问不高但喜欢写诗的普通人而来。他曾赋《咏雪》诗云："江上一笼统，井上黑窟窿，黄狗身上白，白狗身上肿。"这种诗不讲究平仄对仗，以俚语俗句入诗，通俗易懂，诙谐幽默，有时还暗含讥讽，对社会表达不满。新中国成立前夕，在国民党政权风雨飘摇之时，著名诗人袁水拍就创作了大量的政治打油诗，成为刺向国民党的投枪和匕首。如他讽刺金圆券的诗："踏进茅房去拉屎，忽然忘记带草纸，袋里摸出百元钞，擦擦屁股蛮合适。"辛辣，尖锐，流传一时。读名著《红岩》，其中就有在国民党政府门前示威的学生集体朗诵此诗的场景。

打油诗来自民间，也在民间快快活活地生存了几百年。总说艺术源于生活，打油诗大概是最接地气的文艺创作了，也就最具生命力。恐怕也正因为如此，打油诗也最能折射社会方方面面的形态，成为伴随社会前进的一曲“二人转”。当年“大跃进”的狂热，就留下过“喝令三山五岭开道，我来了”这样的诗句。既有战天斗地的豪情壮志，可也隐藏着一种不理智的狂热倾向，留给我们一种警示。社会发展到今天，价值多元化，信息大爆炸，舆论空间无限扩充，打油诗如一叶扁舟，在其间漂漂荡荡。既有正能量的传播，也不乏各种低级趣味的泛滥，甚至有别有用心的编织。轻松愉悦的打油诗，也有了被污染之虞。前不久某地上演过一场“了体诗”闹剧，低俗的涂鸦被吹捧上天，无非是金钱操控的傀儡戏罢了。

人心总归向善。健康向上的打油诗当然会受到欢迎，而且应该说是艺术佳品。就在这次微信朋友圈关于“人走茶凉”的小讨论中，就有两位大家联成一阕，令人叫绝：“人走茶凉很正常，除非你办开水房；开水烫嘴要放放，最好温文润情长。”这四句，前两句出自中国作家协会副主席、著名作家高洪波先生，后两句是鲁迅文学奖得主、著名诗人王久辛先生所续。诙谐、流畅，却是真情洋溢，真的是神来之笔。

到底该读什么书

最近一位知名大学教授开出了一份“不必读”书单，一时轰动网络，引发热烈讨论。在社会各界大力提倡读书的今天，乍看起来，这份书单好像显得有些不合时宜。

带着这样先入为主的态度来琢磨这份书单，当然觉得很有些偏颇之处。在教授看来，绝大多数的中国古典小说、绝大多数的从“五四”到1949年的中国现代文学作品、绝大多数从1949年至1976年的中国当代文学作品，都不必读，读了甚至有害。这便有些极端了，而且尺度不好把握。哪些作品算“绝大多数”呢？恐怕是仁者见仁智者见智的事儿。从来没有一部书能得到所有人的喜爱和认可，即使得到公认的中国古典四大名著，也不是所有人都爱不释手的，也曾有过“老不读《三国》，少不读《水浒》”的训诫。

但细细想来，这份书单还是有它一定的道理的。书海茫茫，汗牛充栋，读遍天下书纯属痴心妄想，发誓做这样一个死读书的呆子，也不是件可炫耀的事情。何况三观不正形同垃圾的书籍，也还是有而且不少的。读书要有选择，要有目的，也是大家认可的道理。钱锺书、王世襄都是以学识渊博闻名天下的大学者，前者从十五岁开始系统阅读，读的是《古文词类纂》、《骈体文钞》等选本，注定了他在日后成为文学研究大家。后者则始终把注意力集中在中国传统文化的鉴赏、研究和收藏上，被公认为“玩出了一门世纪绝学”。他们坚持一生的阅读与学习，显然都是有明确的方向和选择的。那么说到底，作为普通读者，该选择读什么样的书？确实是个应该思考的问题。

读书其实是会受到多种因素影响的事情。年龄自不必说，小孩子开蒙，当然是离不开童话的。而性格、职业、志向和文化素养，都影响甚至决定了一个人的读书兴趣和爱好。做公安工作的，当然要多读些与公安工作有关的书籍。一个有志于从事文学写作的人，多读文学名著是一种必然。那些在创业初期打拼的年轻人，读点儿“心灵鸡汤”也不为过，总归是有着励志的作用。就算开列书单的教授本人，读过的书肯定不少，而且涉猎甚广，不然何以课徒？我们讲书籍应该是我们人生的伴随者，读起来真的不必太拘泥了。我倒是建议读书不妨要杂一些，特别是搞文字的人，旁征博引的前提当然是博览群书。俗话说“读万卷书行万里路”，说的就是这个道理，而且这说法很辩证：读了书，到实践中去检验，获取新鲜感受，再回到书中去寻找新的知识，提升自己。总之，读书是一件因人而异的事情，读书是必需，而读什么书、怎么读书，还是要靠个人选择的。

教授开列的书单其实也是从个人的感受出发，所言纯属个人体验。所以这份书单可视为参考，不可太认真。而且再读这份书单时，发现自己也还是粗心了，人家教授说明了是“不必读”书单，其实是相对“必读”而言，人家并不是说这些书必须不要读，而只是说不一定要读，可读可不读。这种态度我以为是对的，是对待过往的文学、哲学经典一个比较正确的处理意见。有尊重，也有保留，我们在读书的时候，其实是需要有这样的冷静和清醒的。

读书现在俨然成了一种社会风气，这是好事。但读书更多的是一种个人的心灵体验，是要以个人有收获、有体会、有感动、有进步而为标准的。读书，是为了塑造灵魂。

风骨与品德

风骨似乎是个很有些复杂的东西，说的人很多，也很有些人附庸着这份风雅，但其实未必都是明白的。查了些资料，“风骨”一词最早见于《晋书·赫连勃勃载记论》：“然其器识高爽，风骨魁奇，姚兴睹之而醉心，宋祖闻之而动色。”严格说，风骨其实是中国古代文论的一个基本概念和术语，实质上是对文学作品内容和文辞的美学要求。也许是因为中国文化讲究文以载道吧，风骨渐渐成为文人的一种品格标志，成为刚正的气概和顽强的风度的代言词，也就慢慢流行起来。有个比较冷僻的成语，“风骨峭峻”，既可形容人有骨气刚直不阿，也可比喻诗文、书画的雄健风格。我只是有些不大想得通，为什么现在这个成语不怎么用了呢？值得深思。

在百度上查风骨，说法颇多。我认为比较全面的解释是：中国文人的风骨最主要体现在三个方面：对家国的热爱，对名利的淡泊，对权势的蔑视。当年杨虎城将军被蒋介石逼着出国，临行前拜访何香凝先生，见先生在酷暑中仍穿着件长袖的旧衣，不解。何先生就笑道：“我的衣服都送给蒋介石了。”原来，“九一八”事变后，何香凝就寄了套女装给蒋，以示对不抵抗的抗议；“一·二八”事变后又寄了一套；《何梅协定》签订，又寄一套。何先生的风骨名留史册，三套女装即是最好的证明。

风骨其实是要有品德做支撑的。中国文化源远流长，关于风骨的奇闻逸事数不胜数，但细细看来，其实很多与风骨无涉，盖因当事人品德有亏。周作人的苦雨斋里，“谈笑有鸿儒，往来无白丁”，当然是因主人的文采而形成了凝聚力。而主人的一步走错，留下的不仅是个人的千古罪名，也是朋友们难言的耻辱。也有些人，大是大非上也许无误，但一生只求形骸放浪，举止乖张，终日徘徊于花间柳下，烟榻酒肆，最终写下的，也无非是艳诗几首，与风骨无关。

风云变幻，沧海桑田。时至今日，许多有识之士开始为风骨呐喊了。越来越多的人认为，当今的中国文人已丢弃了风骨，几乎沦为被人所鄙夷、唾弃的对象了。其实我以为，这种沉痛的呼吁并不应只针对所谓文人，而应唤醒全体中国人的警觉。价值观的多元，传统道德的失守，拜金主义的盛行，已经使许多中国人今天不再淡定，甚至，就连“风骨”这个词，也已经被某些人挟带了私货。

我们不仅要为风骨鼓与呼，我们还要警惕某些以风骨为幌子，而行些蝇营狗苟之事的所谓名流。

今天某些人理解的风骨，仅仅是所谓特立独行，所谓说别人不敢说的话。事实上，在媒体高度发达的今天，任何一个掌握某种话语权的人，不一定是传统概念里的文化人，都可以利用他的权力，借机攻击或贬低任何他看着不顺眼的人或事。一个网上的小博主，也可以因交通违章被处罚把交警骂个狗血喷头。这是所谓风骨吗？当然不是。因为风骨是品德的外在表现，而不是私欲的华丽外衣。一个人品德上如果低下，不管他地位有多高，他发起的攻击和贬低都会变得像是蟑螂的窃食，猥琐，而且肮脏。

品德扭曲，价值观自然扭曲。现在某些自诩为有风骨的人，肆意批评的对象已经指向社会公众认同的价值理念，甚至已经超出批评的范畴。用“毒舌”形容他们，是准确的。而他们上蹿下跳的表演，给予我们的提示，远超出所谓风骨的范围，而应是更深层的思考。

培养真正的风骨，应从重塑中国人的价值理念和道德意识开始。中华民族有着悠久文化，更有着高尚的道德情操。而风骨，就是中华道德中的重要内涵。陶渊明的“不为五斗米折腰”，文天祥的“留取丹心照汗青”，鲁迅的“横眉冷对千夫指”，都是真正的风骨铮铮。而杨靖宇将军面对汉奸劝降所说的那句：“中国人都投降了，还有中国吗？”更是真正的震聋发聩，千古留声。

网络投票的悲与喜

我从来不参加任何网络上的投票，不管它是评选什么先进人物，还是推举一位幼儿园的“最美宝宝”。原因说起来，一是我属于半个电脑盲，除了打字、发邮件，其他基本干瞪眼，投票程序对于我来说有难度；二是我总执拗地认为这种投票属于一种游戏，没什么真正意义，最后排到第一名的，并不一定是最佳，也许只是“水军”的功劳。如果你猜到背后可能还会有金钱的操控，就更没有了参与的兴趣。

当然，事情总不可一概而论。比如，在一个特定的区域内，假设是一片城区吧，评选最佳户籍民警。首先，候选人就是游动在百姓这片海里的一条鱼，且为民服务事迹过硬，群众投票的热情就会是真挚的。即使有动员投票的情况，那也是出于这种真挚的情感，出于对民警的热爱。而且，细想想，这种动员其实也是一种宣传，而主办者的目的，难道不就是在用这种发动群众的方式宣扬在民警身上体现出来的那种崇高精神吗？

这么看，网络投票也有它的益处。

想到这儿，我就对热热闹闹层出不穷的网络投票，进行了属于我自己的分类处理：可参与的，参与不参与两可的，坚决不能参与的。但是尽管这么宽容地想了，也还是没有去投过票，技术上不过硬，对网络总有点儿望而生畏，怕麻烦。

想网络这东西，现在已经是我们离不开的了，甚至可以说已经在很大程度上改变了我们的生活方式。网络写作使传统书刊陷入了困境，网络购物使商场失去了往日的繁华，网络交流使坐在一张饭桌上的人形同陌路……网络还能做什么？专家们也语焉不详，不敢下定语。而今天网络上的种种投票，把我们传统的评选方式也打破了。生活方式上的种种丰富多彩，带来的就一定是繁荣吗？我们常常问自己，也许还没有答案。

但是最近，我破例参加了一次网络投票，而且给我选中的那位评选对象，连续投了多次票。

其实是一次规模很小的评选活动，四川省某县搞的“最美留守儿童”评选。因在微信里读到其中一个孩子家长的留言，为他在留言中的一句“其实没有最美留守儿童”所深深打动，便去关注了这些参加评选的孩子们。不承想，一张张照片看过来，真的让我热泪盈眶，并深刻理解了那位家长饱含辛酸的话。

这是一群父母不在身边的孩子，这是一群生活在艰苦环境里的孩子，这更是一群把痛苦的思念压在心底，自强不息逆境成长的孩子。那位父亲的话，是自感给儿子成长带来的缺憾无法弥补而生出的感慨，但我却认为，这群留守儿童告慰父母的那份坚强，已是给父母最好的回报。这种回报，无疑是最美丽的。

因此，一次似乎无足轻重的网络投票活动，就此有了意义，有了内涵，有了打动人心的亲情。在中国传统文化理念中，父慈子孝是一个基本的道德标准，这个道德标准在今天的形势下也必然有了新的内涵和要求。相信进入了评选榜单的孩子们，不管最后得票多少，这次活动都会给他或她的人生留下一个充满正能量的烙印，并给他们的艰苦留守生活，给他们和父母之间的情感交流，增添幸福的色彩。

网络的发展已是大势所趋，它将越来越左右我们的生活，但通过网络投票活动我们体会到的，却依然是情感，是人性，是善良。中国人的文化积淀里，永远不缺乏正能量的存在，也永远有着中国人那颗火热的心。

清明节的温度

年年岁岁清明至，今朝又至。

每逢清明，似乎总有话要说的，但多是重复的言语。如清明雨，几乎此时所有的文章都渲染着，仿佛只有提到了清明的雨水，这个节日才有湿润的温度。在绵绵的细雨中，思绪也如雨丝，缠绕起我们的心情。

其实清明和火也有着密切的关系。想那晋文公，竟听信了谗言，放火烧了绵山，企图逼隐居的介子推自己走出来。然而，愚蠢的结果必然是惨烈，介子推以死明志，坚守不出，让晋文公懊悔不已，也让天下从此有了清冷而萧索的寒食节。曾几何时，清明也许只是个气候更迭的符号，是春天的标志，却由此时而添加了人文的厚重内涵，演变成为气节的象征。

在中国传统文化的概念中，气节是很重要的东西。《史记·刺客列传》载，智伯与赵襄子交战，兵败身亡，他的门士豫让决心为他复仇，刺杀赵襄子。为此，豫让“漆身为癞，吞炭为哑，行乞于市”，连他的妻子都认不出他的相貌。但是，也许命运有时是偏向强者的，豫让多次行动都告失败。朋友劝他，不如投降赵襄子，以你的才干一定能成为赵的亲信。到那时，再刺杀他不是易如反掌吗？豫让却说："不可！既已委质为臣，而又求杀之，是二心也。"就是说，我要跟随了赵襄子，必然要忠诚于他，岂能再杀之。最终，豫让被赵襄子抓获，自知不活，恳求赵襄子把衣服脱下来，拔剑连刺衣服三次，了却心愿，然后自杀。豫让由此成为"士为知己者死"的标志，遂成一种气节的榜样。

气节的内涵，随着时代的变迁而发展，而变化。文化就是这样，桑田沧海，不变的是特质，丰富的是精神。抗战时期，多少可歌可泣的英雄事迹，展现的是坚强不屈的民族气节。当狼牙山五壮士跳下悬崖的时候，当远征军士兵决战松山的时候，他们的所思所想，已经不再是"士为知己者死"式的献身，而是面对侵略者时胸中有祖国的大义凛然。中国人永远是崇敬英雄的，清明节的主题，在今天也已经成为向英雄致敬。

我们今天所说的英雄，当然不再仅仅是清高的介子推和刚烈的豫让之辈。中华文化源远流长，且不断创新发展，不断创造出新的时代精神。今天的英雄业绩，必然与祖国与民族的复兴大业紧紧相连，必然是我们这个伟大时代的强音。习近平总书记指出："祖国是人民最坚实的依靠，英雄是民族最闪亮的坐标。歌唱祖国、礼赞英雄从来都是文艺创作的永恒主题，也是最动人的篇章。"清明时节的雨，今天应为英雄而挥洒；清明时节的火，今天应为英雄而燃烧。我们在年年岁岁的清明节时重复的每一句话，其实都是我们的心声。

2016年，全国公安机关共牺牲民警362名。毫无疑问，他们是当之无愧的英雄。在清明节到来之际，细细数着他们的名姓，泪飞如雨，心扉痛彻。想这年年岁岁的清明节，却是我们最痛心的时刻了。

说起来，人总是要死的，生死也许并无多少稀奇之处，只是自然规律罢了。但人总归有感情，感情寄托之处，必是生离死别的感伤。行文至此，忽然得知一个不幸的消息：内蒙古自治区通辽市公安局民警林琳因病逝世，年仅29岁。因着逝者的年轻，我们为之悲痛；更因着逝者是位优秀的公安歌手，我们更为之惋惜。突然就想，英雄的内涵，在今天是应更丰盈的吧，每一个为了事业、为了祖国、为了人民而做出贡献的平凡人，都应该是英雄。

这便使清明时节的温度，更加温暖了。

南方的雨和北方的风

最近看中央电视台播出的纪录片《航拍中国》，看到了巍峨的秦岭。解说词云：有了秦岭，中国才有了南方和北方。

其实南方和北方的划分是个很复杂的概念。除了以秦岭为标志，也有以长江为划分的说法，像中国冬季的取暖标准，就是以长江为界。说起来，似乎各有各的道理，却也各有各的不足之处。中国地域之辽阔，使南方和北方紧密相连，却又有着千丝万缕的差别。

曾碰到一位南方姑娘，很鄙夷地批评北方的豆浆居然放糖，而豆腐脑上浇的竟然是打卤面的卤。她的大惊小怪让我很诧异，但也不好说什么，只能在心里说，姑娘，其实我们北方人对你们南方的咸肉粽，也不大感兴趣的。

说起来，对某种事物出于文化地域的差异而感觉上不够亲切，大可不必将其视为水火不容的两重天。正确的态度应该是充满兴趣地去了解、去体验，甚至接受之而消化之。如今的世界，人与人之间的距离被拉得越来越近，南方也好，北方也罢，其实各种风俗、各种理念、各种生活形态和各种文化形态，都在碰撞中融合着、变化着。常见热热闹闹的婚礼，前半场新娘穿着西式的婚纱行礼，后半场便换了旗袍敬酒。婚纱的圣洁，旗袍的婀娜，哪里有优劣之分？却只见各有千秋。今天还视甜豆浆为如临大敌，实在是只说明了自己的孤陋寡闻，或是心胸狭隘。

说到文化，最好的发展态势，大概就应该是坚守与变革同步，发展与继承相融。如果你接受了加糖的豆浆，那你的早餐桌上除了咸豆浆，还会多一种新尝试，也算是丰富，有何不好？在今天翻越秦岭已不是难事，但翻越某种思想上的障碍似乎倒还有些难度。我们不应该固守我们自己的某些文化而排斥其他，我们也不应该盲目地崇拜他人的文化而放弃自我。秦岭是南方和北方的分界线，更是南方和北方的联结点。有了秦岭的存在，南方的雨里有了北方的凛冽，北方的风里也融合了南方的温柔。中华文化的丰富多彩，在秦岭之南和秦岭之北，都是一样的自豪和骄傲。

古人提倡读万卷书行万里路，也是开拓眼界丰富内心的意思。读和行，都是重要的。前者是学习前人的经验，后者是亲身体验这个世界。行是读的印证，也是创造和发展。文化的发展必须要有开放的心态为支撑，以高度的文化自信敞开胸怀，吸纳一切优秀的文化遗产和思想结晶，让自己更强大起来，让自己的文化更丰富起来。

其实中华文化从历史上讲就是在不断的交流融合中发展至今的。客家的迁徙给南方带去了北方的风俗习惯，下南洋的船队又把中华文化带到了更远的地方。闯关东的大军改变了东北冰天雪地的蛮荒，而丝绸之路则把文明的触角伸向遥远的西北。看《航拍中国》，从高空换一个角度俯瞰祖国大地，秦岭在我们脚下延绵起伏，使我们向南向北的目光都更加深邃而久远。此时此刻，南与北的概念都已不再重要。

话说回来，从文化的角度研究南北的差异种种也是有意思的事情。譬如说，为什么口味偏重的北方人，在如月饼、元宵、粽子这类富有仪式感的食品上却是喜欢重糖？而日常喜甜的南方人，却在做粽子和月饼时追求咸味？看来在广东月饼馅中的咸蛋黄，除了象征一轮明月之外，还有更深邃的文化内涵吧。

中华文化的含蓄与想象美

明末清初的大画家朱耷，号“八大山人”。他画的《墨兰图》，一张宣纸之上，只寥寥三支茎叶一朵兰花，却是生机盎然，仿佛云霞满纸。这是中国画的所谓“留白”，也是中华文化的一个重要审美特性。在这里，观赏者的心理是要积极参与创作的，丰富的想象会给画面增添无穷的而且是完全个性化的魄力。

当然，这需要观赏者具备一定的文化素养。有句成语叫“对牛弹琴”，说的就是当创作者和观赏者不对等的时候，那种尴尬与无奈。

这种含蓄和想象的美妙，已经融入中华文化的方方面面，成为中华文化的特征之一。读《红楼梦》，那处处的隐喻，时时的暗讽，“满纸荒唐言，一把辛酸泪”，多少作者的沉痛，却隐匿在风花雪月、歌舞升平之中，成为至今让红学家们猜测不完的谜语和想象不尽的悲情。记得曾经有过一次以“生活”为题的短诗歌大赛，其中有首获奖作品，通篇只有一个字：“网”。这例证很极端，但想想也挺有意思，用这样一个字来形容生活，倒也准确，甚至当你静下心来琢磨，竟也会有些意味的。

这种审美方式，在中国人来说，已经不仅仅是艺术欣赏，而是生活的全部。说话办事，待人接物，甚至思考问题，含蓄已成为礼貌，成为教养，成为文化的内涵。有个小笑话，说的就是中国人和外国人在含蓄和直接上的不同：中国人去厕所，习惯说“方便方便”，而在邀请外国朋友时，又喜欢说“在方便的时候”，外国人就满头雾水了，想不明白这难道是要我一起去上厕所吗？很多异域文化中是没有这么多含蓄的，对于中国人的“中庸之道”，他们有时会抓狂。

在当今世界，东西方文化当然会有融合，相互学习也是文化创新发展的必然。但这种学习与借鉴，不能是东施效颦，亦不能是全盘接收。中华传统文化的精粹，我们还是要继承发展。含蓄和想象之美，我以为，理应在传承之列，因为它不仅给予我们艺术上的深层次享受，更给予我们一种中国人的思维方式，甚至是一种自豪感。

王羲之的儿子王子猷，雪夜畅饮，突发奇想，要去探望著名画家戴安道，于是连夜乘船出发。那一夜，大雪纷飞，万籁无声，小舟一叶，不时惊起宿鸟，扑簌簌直入岸上竹林。天色熹微，船到戴家门前，王子猷却转身而去，并不敲门。随从疑问，他却说：我既然已经来了，看不看又怎么样呢？这故事流传很广，常被用来说明中华名士的倜傥风流，我却每每为其中那种引而不发的情谊所感动。而且，那幅《雪夜行舟图》也深深印在了我的脑海中，含蓄给予我的想象，影响着我的创作甚至生活。

美国“普罗文化”有幅代表作品，是若干张不同颜色的玛丽莲·梦露画像。也算赏心悦目，但满纸咧着的大嘴，轰炸般地填满人们的想象，总是感觉不太舒服。倒是梦露诸多自然生活照片，引发观众对其命运的扼腕，仿佛有了几分中国式的含蓄。

含蓄和想象当然也有层次的高低和素养的薄厚。齐白石老先生有幅著名画作，曰《蛙声十里出山泉》，据说是作家老舍先生出的题目，其中隐约有着善意的“刁难”，是北京人的一种幽默。白石先生冥思苦想，终于圆满完成任务，令老舍先生折服。而老先生的作品上，却没有一只青蛙，只有几只蝌蚪，在山泉里欢快地游动。见到此画者，无不击掌叫绝。这真的是一种最高境界的艺术含蓄美了，仿佛那原本无法用美术表现的蛙声，也已经跃然纸上，在观赏者的耳边欢快地鼓噪。白石先生来自民间，他的绘画完全继承了中国传统绘画的精髓，而把“留白”运用到这种地步，也真的是登峰造极了。同样是艺术大家的老舍先生，能给白石老出这样一个有趣而雅致的题目，也当得起文学巨匠之名。

中华文化就是如此，在字里行间，在笔底弦上，含蓄地向着我们这些后来者，微笑。

在罗滕堡

据导游介绍，德国有不止一个罗滕堡，为了区分，严谨的德国人就分别给它们加上了前缀做标志。我们去的这个罗滕堡，全名就叫陶伯河的罗滕堡。想想这样也不错，有了陶伯河，罗滕堡就显得水汽氤氲，多了几分灵秀。

从维尔茨堡下游轮，乘大巴车去罗滕堡，全程走的是举世闻名的“浪漫之路”。这条路横跨陶伯河谷，穿越风景如画的莱希费尔德平原，如一条项链串起诸多美丽且历史悠久的城镇。这些城镇小巧得如同童话里的布景，我们的大巴车常常要小心翼翼地在窄街拐过，仿佛伸手够得到路边窗户里的瓶花。而陶伯河的罗滕堡，无疑是沿途最美丽的城镇之一。

罗滕堡有全德国保留最完整的古城墙，据称最早建于 12 世纪。想来这样悠久的建筑，发生在其间的故事应该很多。但在导游嘴里，反复强调的却是这里曾经拍摄过著名电影《三个火枪手》。看来文艺的魅力还是远胜过历史的，尽管历史厚重而丰富得多。再看那城墙高处，有年轻的情侣亲密地跑过，又想，浮夸的文艺最终还是输给世俗的爱情了。

罗滕堡是个美丽如梦幻般的城镇，如今在城墙里边，常住人口不足 2000 人，每年接待游客却逾百万。我们到得早，清晨的薄雾还未被喧嚣驱散，使我们得以从容地在小街小巷里徜徉。罗滕堡最著名的故事发生在 1631 年，宗教改革运动引发了新旧教派之间的战争。代表天主教的瑞典皇家军队在付出惨重代价后占领罗滕堡，并准备血洗全城。军团首领宣布，如果有人能一口气喝下五公升葡萄酒，就可以拯救罗滕堡。时任罗滕堡市长努什挺身而出，奋力将酒喝下，使全城幸免于难。这位英雄市长因此昏迷了三天三夜，却留下了千古美名。至今每天正午，在城市中心广场的议员酒店墙上，还有滑稽的木偶表演着这段故事。

在欧洲旅行，关于早期宗教改革的各种故事不绝于耳。而当时新旧教派的争斗也给欧洲的发展留下了不可磨灭的印迹。就说那条美丽的“浪漫之路”，当年也曾是战场，有多少骑士、农民、僧侣在森林间出没，为了自己的信仰和利益而战斗。罗滕堡有座著名的圣雅各布大教堂，始建于 1311 年，之间断断续续的，直至 1466 年才完工，1485 年举行落成典礼。而 1525 年，德国著名农民领袖弗洛瑞安·盖尔在这里宣读了历史上著名的农民起义宣言，之后 1544 年又发生了政教改革。一座教堂的历史是那样波澜起伏，而今天悠扬的钟声里，却已经听不到刀剑的铿锵了。

我对这座圣雅各布大教堂感兴趣的却是另一段故事，或称野史。导游指给我们看这座哥特式教堂高处的两座尖塔，说它们分别是由一对师徒建造的。居心叵测的徒弟，故意在自己的设计和施工中下足了功夫，处处都显出了比师父的高明之处。结果是悲愤的师父跳楼自尽了，而这两座尖塔，一高一矮，一大一小，一朴素一精致，永远以极不谐调的状态并肩矗立于世人面前。这不禁让人感叹。中国有句俗语：教会徒弟饿死师父，看来这句话也是放之四海而皆准了。而这期间表现出的人的野心和狭隘、贪婪，也是够我们警醒千年的。那位心机缜密的徒弟，想必是个阴鸷的家伙，他用这样的形式在历史上给自己留下了一笔，也算是反面教材吧。

说到人心的隐秘阴暗，总是有故事可说，但那些故事和美丽安宁的罗滕堡放在一起，似乎过于残酷，不仅煞风景，而且毁心情。但历史就是波谲云诡的，从不以人的意志为转移，而且，在美好之中时时窥见些不美好，甚至是肮脏的东西，是能够让我们更珍惜美好的。

走在罗滕堡的街道上，有人突然问导游地面上的铭牌是什么。一直嘻嘻哈哈的导游立刻严肃起来。看那铭牌钉在地上，和地面的石砖大小相同，却被人们的脚步踩得锃亮。导游说，这是纪念，说明路边的这栋房子，曾经住过犹太人，而他们死于屠杀。

游客们顿时肃静下来。有人脸上似有不悦，仿佛见到了一件煞风景的事情。但我却突然觉得这一趟旅行至此方得圆满，就像一段历史终于在这一刻画上了句号。“浪漫之路”的美景，城墙上奔跑的情侣，醉酒的英雄市长，悲剧故事里的师徒……

在教堂的钟声和路边小店冰淇淋的香气中都融化了，化作一种属于民族的精神，熔铸在一块小小的铭牌里。

罗滕堡，就此在我的记忆里存储下来，像电脑内存中的一段文字或一张图片，仿佛淹没着，却永远在那里。

读书宛若风入松

读一本老书，却是为了过新年。

总以为凡节假日，是需要自己为自己营造某种氛围的。节假日，是紧张与紧张之间的缓冲，是压力与压力之间的释放。其重要性不言而喻。所以，重视节假日，就是善待自己。带孩子到海边挖挖沙子，要的是亲情。和朋友逛逛南锣鼓巷，求的是闲适。到健身房去出出汗，则图的是健康和放松。而若想在节假日滋养自己的心情，也许最好的方式是读书，读一本在此时此刻适合自己的书。

我在读的这本老书，其实也并不算老。《汪曾祺文集》，出版于 20 世纪 90 年代。若说老，也许是因为我读过的次数太多。现在这是第几遍读，已经回忆不起，但字里行间的那种散淡，于我来说仍然仿佛一剂良药，使我在纷杂的世俗中能够有片刻的安宁。

汪曾祺先生，曾被文学界某些人称为“最后一个士大夫”，这说法其实并不准确，且有哗众取宠之感。但他在文字与生活中表现出来的那种睿智、温和、精致而不拘一格的人生态度，确实在当下社会里有着重要的现实意义。如此说，其实也是过于郑重了，不太符合汪老的思想意境，因为这位老人家从来不会去想指导人生。他的文字，是从他内心自然流淌而出的清泉水。而只有这样的清澈，才更适合在闲暇时慢慢浇灌心灵。

读书就是这样的。读书应如燕穿柳，读书宛若风入松，读书是潜移默化的渗透，是与自己心灵不经意的契合与碰撞。为什么有人要在读书前净手，在读书中焚香，这种强烈的仪式感给人的暗示，是想要字里行间的点点滴滴，都能融化在人心深处的。

因此，在难得的节假日里选择读书，是明智的，但选择读什么书，却是要费点儿心思的事。

不能否认，读书也是件有功利意义的事情。所谓学习，其实就是为达到某种目的而进行的一个过程。这样的过程无可厚非，甚至于许多人来说至关重要，尤其是年轻人。但我总以为，功利性的读书只是阅读的一部分，读书更重要的功能在于塑造人的精神世界。如果我们已经在繁重的工作压力中不得不去读那些具备工具性能的书籍了，那么在短暂的节假日里，还是选择给自己的心也放个圆满的假吧。

这就是我在新年假期里再读汪曾祺的原因。在诸多个节假日里，我还读过《红楼梦》，读过老舍的《四世同堂》，读过《长恨歌》与《繁花》，也读过博尔赫斯和川端康成。当然，我也不反对有人酷爱读读不懂的《追忆似水年华》，读小清新的《挪威的森林》与《解忧杂货店》，甚至读网络上那些或离奇或古怪的文章。读书，是为自己读的，是为自己的成长读的，是为自己的健康读的。

只是，别浪费了难得的节假日，别让自己的生命消耗在酒精与麻将的旋涡里。还有，尽量少加班。

苔花们的共鸣

一首创作于300多年前的诗突然火了，这当然还是要感谢具有快捷、广泛特点的现代媒体。在中央电视台的综艺节目《经典咏流传》上，一位乡村教师带领他的学生们咏唱了这首诗，打动了评委，也感动了全中国的观众。“苔花如米小，也学牡丹开”，瞬间在网络上快速传播开来，俨然成为2018年年初最重要的文化事件之一。

诗作者袁枚（1716—1798），清代著名诗人、散文家。虽然有着“清代骈文八大家”之一的盛名，但在很多当代人眼里，他也许只是那个写下了《随园食单》的知名吃客，是沉浸在钟鼎美食中的一位享乐者。袁枚也确实热爱生活，极具生活情趣。他的随园，相传就是曹雪芹笔下的大观园，他以重金购得后重新整治，不设围墙，任由游人往来，还赋诗曰：“放鹤去寻山岛客，任人来看四时花。”而他的这首《苔》，词句虽简单直白，却反映出了他在思想上追求平等、鼓励上进的积极与热情。

坦白说，这首短短20个字的小诗，在中国文学史的进程中并算不上经典之作，沉寂300年似乎也不是没有道理。但回顾它在《经典咏流传》上的重新被唤醒，艺术创作的共鸣效应，重新引起了我们的思考。

因为有了思想上的共鸣，乡村教师从浩瀚诗海里选择了这首诗，朴实的乡村孩子们深情吟唱了这首诗。同样因为共鸣，几位评委潸然泪下，冲上台去拥抱孩子们。还是因为共鸣，这首小诗迅速传播，触动了许多普通人心灵深处最柔软的地方。也许每个人都有牡丹之梦，但我们大多数人却只能是细小的苔花。这之间的迷茫、不甘、沮丧、自尊、期盼和奋起，都被短短的 20 个字所概括、所解析、所褒扬。吟诵之间，自有一种昂扬之气，于字里行间亲切而自然地升出。跨越时代的共鸣，恐怕袁枚也是想象不到的事情。

其实共鸣是艺术创作必然要追求的效果，更是艺术创作成功的一种标志。作品引不起受众共鸣，大概是作者自说自话的结果，是创作脱离生活、脱离实际的产物。艺术圈里有这样的现象：作品很精致，甚至在小圈子里很叫好，但就是广大受众不买账，便很快淹没在汪洋大海里。也有的作品，初读平平淡淡，却回味隽永，直抵人心。便如袁枚的《苔》，淡香久久不散。

共鸣是心之共鸣，魂之共鸣，是人性深处的琴瑟和弦，而非一些表面化的刺激或煽动。曾几何时，艺术与宣传混淆不清，我们常常以为口号就是艺术。而至今日，当我们领略了“苔花如米小，也学牡丹开”的艺术魅力，在艺术创作的道路上，也要努力思考，寻求生活的共鸣与受众的共鸣。即使我们的作品如苔花般微不足道，也要让它开出牡丹般的艳丽。

评说

基层公安状态的文学表述

认识公安作家张暄，最初是从他的两篇作品开始的。一篇是获得“孙犁散文奖”的散文《母亲的世俗生活》，另一篇就是小说《解个手到底用多久》。我认为这两篇作品，反映了张暄创作实践的两个侧面，却贯穿着一条思想的主线。

张暄写公安题材的作品并不多，他的笔墨更多会落在他熟悉的乡土生活和人物上，字里行间充盈着浓郁的山西地域风情和厚重的文化沉积。出于职业赋予的特性，他当然也写公安，公安与非公安，就构成了他创作的两翼。而在这两种题材之间的游弋中，张暄始终注重并坚持了对社会基层生活的文学化表述。这种注重与坚持，是自觉的，也便形成了张暄的创作特点。

传统的公安题材小说写作，贴近生活的方式更多是贴近案件，贴近纠缠在案件之中的人和事，而且往往对“事”的关注大于对“人”的关注，人物随着事件的发展变化而发展变化，且这种发展变化大多是表面化的，是被动的。如此塑造出的人物形象，必然是脱离真实生活的“高大全”人物。而作为小说文本本身，也必然会成为某种理念的生硬诠释或简单图解，文学的本真意义反而被削弱了。这样的作品，我们可以读出壮怀激烈，读出慷慨高歌，甚至可以读出感动和感悟，但总感觉在掩卷之后缺少一点儿什么。这一点儿什么，应该是文学在故事之余添加在作品中的灵魂滋味，却遗憾地失落在我们对于文学本身的忽视之中。

难能可贵的是，近年来有一批公安文学的写作者，开始思考并且重视这一问题，开始在自己的创作中有意识地进行了有益的探索。张暄，即为他们之中成绩较为突出的一位。

《解个手到底用多久》，是张暄思考与尝试的一个范本，是近年来公安题材小说创作的一个重要收获。

也可以说，张暄的这篇小说仍然是从案件入手的，这也可以视为张暄对传统的某种继承。但张暄的入手是别出心裁的，他选择了一个普通农妇的一次上厕所为故事的切入口，而且，把这一个在人类生活中微不足道的生理活动设计成了整个故事的一条线索，串联起一起交通肇事案的调查过程。这条线索会让我们联想到一个叫作“黑色幽默”的文学词汇，它让每一个读者都在阅读中产生了一种哭笑不得的感受。

当然，这条线索并不是故事的主线，它只负责给主线添加上一种无奈和一种荒诞，进而反衬出交通民警的认真和肇事者的心态种种。但这条线索让并不复杂甚至有些枯燥的主线变得让读者兴趣盎然了。就在这样的气氛中，主线展开，肇事者各执一词，原本并不复杂的人际关系在交通事故面前变得复杂了。自私者的自私，怯懦者的怯懦，都在事故处理的过程中袒露在利益面前。张暄的创作风格，于不露声色中有着游刃有余的锋芒，看上去似乎闲笔，却点到为止，让人回味。某些政府办事人员的官场腔调，交警队内部的些许隔阂，甚至农妇与丈夫间的争风吃醋，都像洒在文字里的调料，看不见摸不着，却暗中推动着故事的发展，调剂着整个故事的滋味。这让小说呈现出了“生活流”的自然状态，却在自然中，在悲喜交集中，让读者窥见世俗生活的真实一面。

特别需要指出的是，张暄在小说中塑造的交通民警形象是非常成功的。这也是我们把这篇看上去更像乡土小说的作品定义为公安文学作品的缘由。连盼和孙立刚这两个普通的交警，尽管他们之间也有些小矛盾，但在工作上的认真负责，在对待当事人时的同情和耐心，都表现得真实而准确。张暄在主观上就把他的主人公放在低位置，他们不居高临下，不颐指气使，他们只是生活的一部分，是社会的一部分，他们的职责驱使着他们，也约束着他们。张暄是善于刻画这样的小人物的，而他把警察也视为小人物的主观意识，让他的公安题材小说呈现出一种不一样的风情，成为对基层公安状态的一种生动的文学表述。

山西是出作家的地方。而过去我们往往认为，山西籍作家大多依靠地域的悠久文化传统和自己的生活积累，作品乡土气息浓厚。但张暄的出现，无论是对于公安文学来说，还是对于山西文学来说，都有一种新的迹象在其中，让我们为之振奋。

这种新迹象，源于作家对现代文学创作理念、技巧、流派、手法的自觉吸收和借鉴，源于他们对文学本真内涵的深刻认识理解和孜孜不倦的追求。张暄曾在一次研讨会上说，他推崇的是艾丽丝·门罗的创作手法。艾丽丝·门罗，加拿大女作家，诺贝尔文学奖获得者，作品注重细节刻画和人物心理描写。我们从张暄的作品中，似乎可以看到他的借鉴和模仿。而有意识地吸收消化更多中外文学创作的精髓，是张暄这一代作家的高明之处，这使得他们具备了向文学高峰挺进的扎实基础。

纯粹的中国故事，更加国际化的讲述方式，如此评价张暄的创作也许并不够完全准确。文学是不能拘泥于某种形式的，文学是作家心灵的悸动和情感的流淌。就张暄而言，以《解个手到底用多久》为标本，我们可以看出他在公安题材小说创作上的努力。这种努力是独特的，但也是值得我们思考和称赞的。

生活是文学创作永远取之不尽、用之不竭的源泉。创作的素材如深藏的矿产，等待着有心者的开掘和提炼。这种开掘和提炼，必然反映着作家的思想和视角。祝愿张暄等新一代的公安作家，做视野更加开阔的掘矿人，为公安文学的画廊提供更加鲜活的人物形象和故事，增添更丰富、更绚丽的色彩。

《绝招》的“绝招”

文学创作有无“绝招”，或者说有无窍门，历来众说纷纭，莫衷一是。很多人认为没有“绝招”，唯有下苦功夫而已。如屠格涅夫就说：“你想成为幸福的人吗？但愿你首先学会吃得起苦。”路遥写《平凡的世界》积劳成疾，最终不治，而他自己则说：“写这部书我已抱定吃苦牺牲的精神，实行如此繁难的使命，不能对自己有丝毫的怜悯心。”这样的大家，这样的精神，实在令后人敬佩不已。但关于文学创作的“绝招”一说，却仍然争论不休。

其实这样的争论之所以没有结果，是因为自始至终有一个误区，就是对于所谓“绝招”，真正的定义是什么，恐怕并没有搞清楚。其实“绝招”并不意味着投机取巧，文学创作真的并无捷径可循。而文学创作中的所谓“绝招”，应该是指一个作家在创作过程中所寻找到的属于自己的创作风格和创作方向，是作家自己思想认识、生活积累和创作手法上的独到之处。

最近读了公安作家少一的小说集《绝招》，对此颇有感触。

公安题材小说的创作，近年来风生水起，佳作频出，而且，渐渐出现了流派的雏形，大致为三：一派为传统派，作品遵循着自20世纪五六十年代就已经形成的文学传统，朴素、扎实、直白，比较强调作品的教化功能。另一派可称激情派，突出公安题材本身具备的曲折、激烈、残酷的特质，强调作品的强情节和揭秘性。这类作品，往往会成为影视改编的宠儿。再一派，我想可称之为公安题材的新现实主义。其主要特征为对基层公安民警工作生活的“自然流”表述。褪去警察身上所有的光环，最大限度地恢复其平民百姓的真实面目，在普通人所可能遭遇到的一切烦忧中找寻警察与平民的结合点和特殊性。这一类作品，往往融幽默于苦涩，汇温情于冷峻，在平淡的细节中悄然展现出不平凡的精神内涵。少一的作品，无疑是这一类作品中的成熟者。可以说，少一在自己的创作中已经寻找到了自己的创作“绝招”，那就是对自己生活环境的细致观察和在此基础上的精心提炼和把控。如同著名作家叶梅在给少一作品集《绝招》所作序言中所说：“这些作品浸染着世俗生活混沌厚实的味道，与那些隔靴搔痒、先验的抽象脸谱化书写泾渭分明，敢于直面生活痛点、敏锐捕捉凡俗生活中的幽微。”

以短篇小说《绝招》为例：派出所所长仇如钢，孤身一人处理了一起流氓滋扰事件，却由此陷入了一个两难的境地。因为在事件现场仇所长暗中给了流氓一个承诺，事后流氓不依不饶，而受害人一方又纠缠着赔偿问题不放。被逼得焦头烂额的仇所长，最后自己掏了赔偿费了事，辞去了派出所所长职务，却坚决抵制了流氓的得寸进尺。

很小的一件事，是基层派出所工作中常常碰到的。其中所谓的“绝招”，就是骑虎难下的仇所长给流氓柳歪歪的暗中承诺。这个不可能实现的承诺，给仇所长在现场解了围，也带来了后续的烦恼和麻烦。所以这个“绝招”根本不是“绝招”，而是无奈，是屈辱，甚至是小说结尾仇所长辞职的难言之隐。在收入小说集的十篇作品中，这样的“绝招”几乎出现在了每一篇作品之中。每一篇作品的主人公都生活在这样的困境里，艰难地坚守着自己的职责。少一用《绝招》作为小说集的书名，显然是有寓意的，“绝招”在他的创作中是一个标志，是一个隐喻，它形象地表现出了基层公安民警的工作生活状态，折射出他们的良知和他们的艰辛。

而少一在文学创作中的“绝招”，就是精准地捕捉到了生活里的“绝招”种种，将它们文学化地再现了出来。还是那句话：生活是文学的源泉，而能在这无穷无尽的源泉中汲取并筛选出自己需要而且适合的创作素材，让自己的思考成功表达，才是真正的“绝招”。

近年来，这一类“新现实主义”公安题材小说佳作不少。如张暄的《解个手到底用多久》、贾新城的《王木多突然挺忙》、张弛的《鬼卡点》、喻强的《洗脚盆炖鸡汤》，等等。这批公安作家大多来自基层，有深厚的生活积累，而且对自己的积累剪裁和调动得挥洒自如。这是个可喜的现象，它标志着公安文学的内涵更加丰富，我们在慷慨高歌的同时，也已学会了浅吟低唱。

试谈吕铮对公安题材文学的贡献

收到吕铮最新分别发表于《十月》与《当代》的两部长篇小说的时候，正忙于出国之前的准备，故而未及细读。思忖再三，感觉评论吕铮的创作似乎也不能局限于他的一两部作品。吕铮对于公安题材文学来说，可以说是一个标志，他的意义所在，其实是有着很多可以说的话题的。

同时在两本重要文学期刊上发表两部长篇作品，吕铮创作精力的旺盛是令人钦佩的。再想到他自从踏上文学之路的那时起，就一直保持着这样的旺盛，已经有十四部长篇小说问世，就更觉得吕铮现象是很值得研究的。

大抵公安题材文学的创作者们，都不大会有一种相对轻松的创作环境的。他们大多就职于公安机关，基本是业余写作，而本职工作则是繁重而艰辛的。那么对于能够坚持写作，而且能够“写出来”的人来说，他们对文学的热爱程度和对职业带给他们的使命感，一定是他们重要的精神支柱。而这种精神的力量，在吕铮身上表现得尤为强烈，他的思想和他的创作随着他作品的一部部问世而逐渐成熟，我们会发现他的目光始终关注于公安职业的特殊性对于从事这个职业的人的塑造和磨砺，关注于在这个职业中的“这一个”的独特与非独特。吕铮用极大的热情和毅力，克服了工作与生活中的种种困难，在自己的创作中，最大限度地还原着公安工作与从事这项工作的人物状态。吕铮的创作，让我想起高尔基所说的话：“对文学工作的渴望基本上是个人的一种自然的、健康的愿望”，这种愿望一旦生成，就不可阻挡其实现的冲动和努力。

但吕铮的勤奋和努力并不仅仅局限于他写了多少作品，而在于他在作品中投下的观察和思考。应该承认，这是许多公安题材文学作者所欠缺的，也可能还是源于他们客观条件上的艰难吧，他们的思想很难进入一种思索状态。创作的冲动产生之后，往往会抓住时间匆匆忙忙地开始写，思考在他们的文字中难以留下清晰的印迹。而吕铮，不仅用毅力克服了时间上的困难，更以自己的勤奋克服了思考上的困难，他始终不甘于单纯的书写。如果说他早期的作品如《警校风云》，还仅仅是对生活的简单描拓的话，那么他现在的创作，更多在有意识地、敏锐地捕捉公安职业在新时期波澜壮阔的改革大潮中所呈现出的复杂性、尖锐性和广泛性，更着眼于面对这样的复杂性、尖锐性和广泛性时，公安从业者的心灵震荡和情感波折，以及他们与这个社会或融合或隔膜的生活状态。这是吕铮最难能可贵的地方，他的思绪始终与公安事业保持着同一脉搏。

我们可以看到，在吕铮的小说作品中，涉及了公安机关多个警种，其中有的鲜为人知，如预审（《名提》），如视频侦查（《无所遁形》）。而吕铮自己，曾长期从事经济犯罪侦查工作。他的个人生活积累与公安工作内容的多样性，在他的思考中有一个融会贯通的过程，他捕捉到了公安从业者的共性，也捕捉到了他们的个性。这使吕铮的小说创作有了较为宽阔的视野。这种视野的培养是有意识的，是吕铮具有独特性的思考的结果。吕铮是一个勤于思考的作家，他的思考和他思考后完成的写作，对于公安题材文学来说，无疑是宝贵的，是有借鉴性的。

我们还可以说到吕铮的语言运用。毫无疑问，他的语言风格是以北京方言为基础的。但是，值得注意的是，吕铮在语言使用上也充分吸收了公安机关和公安从业者的语言特色。这种语言短促、刚硬、粗糙，富于一种独特的节奏感。在这种语言的压迫下，故事情节显得更具张力，更有生活气息。

可以说，从精神内涵到故事构架，再到语言风格，吕铮都在其中融入了浓浓的公安味道，而且这种融入浑然天生，不显生硬，更不是贴标签式的造作。我认为，这正是吕铮的创作对于公安题材文学的贡献。他的创作方式与成果，尽管不是公安题材文学中唯一的，但却是独特的，是可以视为标志的。还应该注意的是，吕铮的作品并不是只给公安从业者看的，他的这种独特性从更大意义上说，恰恰表现出了人们在审美需求中普遍渴望着的一种英雄主义梦想，和这种英雄主义梦想在平凡生活中的实现。吕铮凭此而征服了广大普通读者，他的创作可贵地拉近了公安从业者与人民群众之间的距离。

近年来，如吕铮这样的优秀作家，在全国公安系统中越来越多，他们的作品也已经呈现出丰富多彩的整体状态，而其个人风格的日趋凸显和成熟，也已经把公安题材文学这种带有强烈职业特点的文学题材，进一步推向了更高的文学山峰。这是非常可喜的现象。而在这种现象中，吕铮无疑是最醒目的一个。

短篇小说精品的锻造

——评聂耶的小说集《那年那月那些人》

聂耶的小说集《那年那月那些人》，被纳入了“21 世纪文学之星丛书”（2017 年卷），这是一件非常不容易的事情。因为这套由中国作家协会和中华文学基金会主办的丛书，自 1994 年起已经出版了 19 卷，每年在全国范围内却只有十部作品通过评委会的审评入选。因此，非常值得向聂耶表示祝贺。

能够通过严苛的评审，说明聂耶的小说确有过人之处。作为一名年轻的基层公安文学创作者，能够在繁重的工作之余，用文学的独到目光审视社会、剖析人生，写出一篇篇精练的短篇小说，且有入木三分的人物刻画，聂耶的创作经验，值得我们分享。

短篇小说并不好写。因为短篇小说并不像许多人想象的那样，只是生活的一个横截面而已。生活如果是一只苹果，它可以随意切出很多横截面，大概每一片与每一片的滋味都不尽相同。这样普通的生活常识，放到文学领域里，却是深奥的道理了。因此，选择好那一个横截面，是短篇小说作家首要的功夫。

那么，什么样的横截面才是好的横截面呢？当然是在这个横截面上要有丰富的内容，有能把整只苹果的滋味都展现出来的可能。而苹果的滋味是什么？应该就是人生吧。一个人的一生浓缩在一只苹果里，那该是怎样的甘甜或苦涩？要在一个横截面上将这种滋味展露无遗，是短篇小说创作的精髓。

聂耶的短篇小说，深谙其中道理。我们可以以他这部书里的第一篇小说《王麻子》和第二篇小说《海哥》为例。这两篇作品堪称姐妹篇。在《王麻子》里，社区民警刘大海是二号人物，到了《海哥》中，他就是主角了。聂耶在这两篇小说中都先从容不迫地交代了锁匠王麻子和民警刘大海的过往，像是在向读者展示那只苹果。然后，他干脆利落地一刀将苹果切开，《王麻子》的横截面，是王麻子抱着儿子大喊“我们自首”的那一刻；《海哥》的横截面，则是王所长翻开退了休的刘大海留给他的嫌疑人资料的时候。前者，一个走过弯路的老人对儿子的愧疚和痛惜在那一刻撼动了读者的心；后者，退休老民警对工作的不舍和精细则让我们会心一笑。聂耶很熟练地运用了中国传统文学中的白描手法，不动声色的铺垫→步步紧逼的氛围→快速地展示出最动人的横截面，掀开整篇作品的高潮。这样的短篇小说，是隽永而回味无穷的。

受篇幅的局限，短篇小说在人物塑造和故事编排上都给作者留下了有限但却很有诱惑的想象空间。但是，在向人物前史的延伸上，在表现人物的命运上，确实是有难度的。如著名评论家吴秉杰在聂耶这部《那年那月那些人》的序言中所说："短篇要表现人物的命运或产生命运感是不容易的"，但是吴先生也赞扬了聂耶在这方面"显示的是故事艺术逻辑的力量"。对此评价，我深以为然。还是以上述两篇作品为例，聂耶都在故事的冷静铺陈里点染了人物的前世今生，并把这种点染与现实的状态有机结合了起来，使得作品更显厚重。"聂耶的小说都是塑造人物的，善于抓住人物特征，且在时代生活变迁中描写人物命运，这是聂耶小说的贡献"，吴秉杰先生的中肯评价，是对聂耶的鼓励，也是对有志于短篇小说写作的朋友们的召唤。

自鲁迅文学院青年作家高级研修班结业之后，聂耶一直不事张扬。他沉在自己的生活积累之中，用心揣摩着生活给予他的喜怒哀乐，从中提炼出自己的感悟和对社会的评判。《那年那月那些人》，就是他这些年来思考与尝试的结果。应该说，聂耶在短篇小说精品的锻造上，已经有了相当成熟的心得。

放眼公安作家队伍，像聂耶这样潜心于创作的同志不少，近年来优秀的公安题材中短篇小说也层出不穷。但聂耶的独特，仍然值得我们思考和推崇。

凛冽地穿过世界与灵魂

诗人杨角寄来他的新诗集《穿过雪夜的大堂》，并在微信里表示“希望得到批评”。我回信说：“不懂诗歌，岂敢批评。”这是实话。想我这一生，也写过几首诗，均发表在20世纪70年代。如果以当下眼光看，不过是口号而已。就是那样的空洞，自知也蹩脚得很，从此视诗歌为畏途，再不敢随便涉足。今天让我来评论一位优秀诗人的大作，于我来说是逼上梁山的事情。细想，这比喻其实也不准确的，被逼上梁山的都是好汉，不然人家干吗逼你？而我，至多不过是负责扛旗的一个兵卒。这不是矫情的谦虚，而是真诚的坦言。

但读杨角的诗，确实有感动，在心灵的深处会有一种莫名的震撼。如我这样的门外汉，评价诗歌与诗人，恐怕只能以有无感动而为标准。读杨角《自述》：“我写诗，纯粹是跟自己作对/那些花里胡哨的文字/像一支香烟害了我。至今/我仍用小学生手法/试图破解高中生的难题/此生，我干下太多不着边际的事。”精练的诗句，便如同重锤，砸在我心之上，让我感受到一种发自心底的凛冽之感，不由得拷问自己：我的一生，又干了多少不着边际的事情？这种思考，有了某种朴素的哲学意味，却由诗句而诱发，想想，好的诗歌，真的是不一样。

诗其实就是一种与心灵、与思想、与哲理、与感悟有关的文学样式。当然，小说也罢，散文也罢，也是与上述那些虚无缥缈的东西相关联的，但都不如诗歌来得紧密而深邃，真切而直接。小说可以以讲故事为主，曲折跌宕，细腻从容；散文可以抒情，雪月风花，东鳞西爪，可以简洁精练，也可以絮絮叨叨。诗歌不然，诗歌是凝聚的魂魄，是思想轨迹的捕捉与再现。诗歌当然也可以讲故事，但诗歌的讲述往往是一语双关的隐喻。诗歌更会有抒情的吟诵，但这种吟诵更自尊，更昂扬，也更像灵魂被打碎后的挣扎。如杨角《暮色里的红字》：“我是暮色里无声褪去的大多数/我不希望任何一双眼睛，看见我的无能。”又如杨角《蛛网》：“纷繁的尘世到处是蚊蝇、飞蛾和戴罪之人/确实太需要了/需要一只剧毒的眼睛。”在杨角的吟诵中，显然这种昂扬的自尊更加凝重与炽热，读这样的诗句，如一股凛冽的风穿过世界，穿过灵魂，留下的是瞬间的灼烧感和长久的疼痛。

不是每个诗人都能如此的。读诗而感动，是一种没有道理甚至没有缘由的情绪，这种情绪的被调动，是由艺术感染力的强弱所决定的，是由作品的艺术水准与读者的欣赏水平、价值观念准确叠加而成的共鸣。而所谓作品的艺术水准，不如说是作品内在的精神力量，正如朱熹所说：“在心为志，发言为诗”，那些轻飘飘的不能打动人的诗句，一定是不曾经过心灵之路的梦呓。

杨角恰恰是那种用心写诗的人。著名诗人雷平阳在为《穿过雪夜的大堂》所著序言中说："他最让我惊讶的，是他写出了警察眼中的江水、警察心里的故乡、警察精神世界中的良知与美。在我们的语境中，警察有着特殊的符号学意义，杨角能于其中获取陌生的视角、猛烈的语言冲击力和稳重的道德感，较'在场'之说又向前迈出了一步。如果再继续朝前迈进，必有更大收获。"诗人评价诗人，当然较我这外行更为准确，也更有心心相印的感觉。杨角以他独特而情感充沛的诗歌创作，以他精雕细琢的遣词造句，已在诗坛上确立了他的地位，并为公安诗歌界树立了一个样板。

公安诗歌创作是近年来在中国诗坛上最引人瞩目的文学群体现象。杨角、侯马、蝈蝈、苏雨景、逯春生、沈秋伟、许敏、青蓝格格……众多优秀公安诗人，用自己火热的诗作在诗的星空里镶嵌上了属于自己的光辉。为什么会有这样的群体现象？为什么公安诗人的创作虽风格各异却有着相当一致的思想内涵？这是值得诗界探讨的事情，更是公安文化建设所需深入研究的课题。毫无疑问，杨角在这样的现象中担当着重要的角色，他的诗作，是公安的，也是社会的；是自己的，更是人民的。

读杨角《白发》："很多往事都记不起的时候/头发就白了/今天早晨/我在镜子里看见自己/头发又白了许多/但大部分还是黑的/这说明我能记起的事/比忘记的要多/它们正抓在我的

手里/成为今天/我爱不释手的生活。”乐观，积极，豪迈，坚强，杨角的世界是诗的世界，也是警察的世界，是挚爱与战斗并存的世界。读这本《穿过雪夜的大堂》，仿佛感受到凛冽的诗风穿过了世界和我的灵魂，一切都已经不再计较，只希望“每天都有一次出发，都有一轮太阳/从江水中升起”（杨角《长江零公里：一滴水》）。

在说与不说之间的魅力

——评崔椒立的小小说创作

小小说是当下很受欢迎的一类文学体裁。冯骥才先生的小小说集《俗世奇人》入围鲁迅文学奖，似乎就是明证。但小小说到底因为什么为读者所喜爱？说法颇多，也无定论。我以为，正是因为其小，因为其小而明显的含蓄艺术特征，使得小小说有了一种独特的艺术魅力。

近日重读了崔椒立的小小说集《倔强的青春》，一种作者刻意为之的说与不说之间的含蓄格调，让我印象深刻。

椒立是写小小说的高手。高就高在他在每一篇的谋篇布局之中精心设置下的悬念。这种悬念就像一层窗户纸，作者其实一开篇就巧妙地捅了，但却不动声色，而在文章最后更加巧妙地由读者自己拨开迷雾，去发现早就在那儿的漏洞。如《定军山》，写一位打扒民警与老扒手的较量，二人每天同乘一辆公交车，由相识到相交，再到共同用老扒手的随身听听京剧，聊京剧。小说最后，从不失手的老扒手在民警面前心悦诚服地认输。小说结尾是老扒手和民警的几句对话：“他问我还经常听京剧吗，我说：经常听，那个随身听质量非常好，你出来的时候还可以用。”乍读到此，读者也许会先是一愣，随后才会露出会心一笑。在说与不说之间，楸立留下了恰到好处的空白，随身听仿佛一根似有似无的线，穿起了整个故事，如国画的留白艺术，把民警的技高一筹与老扒手的心服口服，表现得含蓄而又淋漓尽致。

另一篇写农村生活的《拜年》，语言极其朴素、简练，几乎都是主人公武安与父母、邻居的对话。在这些农村味道浓郁的对话中，我们知道武安勤劳致富了，知道武安是个孝顺的孩子，还知道武安要去给前女友的父母拜年。层层递进的故事发展，并不多说的难堪往事，小说结尾只用了一句话：“武安说着跪下磕头”，却使通篇不动声色的叙述有了撼动人心的力量。还是恰到好处的含蓄，张力十足地讲了一个内容丰富的大故事。

在崔楸立的小小说中，有一组很漂亮的武侠题材作品。公安作家写武侠小说，也称得上是独树一帜了。武侠小说，特别是由金庸先生开先河的所谓新派武侠小说，强烈的悬念感与出人意料的发展走向是最突出的艺术特色之一，也是最吸引读者的地方。楸立的武侠小小说，因其短小，而将这种悬念感加强到了浓缩的地步，每一篇都堪称精品。如《快刀》，写两名号称“刀王”的高手比武，最凶险时突然有名不懂事的小孩子跑进了赛场。正当小孩子要被误杀的一刹那，籍籍无名的捕快出手救下了孩子，使得两位高手俯首认输。然而，故事并没有真正结束。捕快悄悄到孩子的奶奶处，感谢这位真正的刀王在关键时刻的出手相帮。故事一波三折，读者直到最后才恍然大悟，才明白从故事开始就时隐时现在字里行间的这位奶奶才是故事的主角。崔楸立的武侠小小说，可称得到了新派武侠的精髓。

小小说因篇幅短小，常常被人误以为创作门槛不高，甚至误以为不过是文学爱好者的入门阶梯。事实上，我们也确实经常会看到一些质量不高的小小说作品，其中最主要的问题，就是对小小说的精练、隽永、含蓄缺乏认识和把握，缺乏这种在说与不说之间的艺术构思和悬念设置。崔楸立的小小说，不失为一种范本，它提供给小小说作者的思考空间是很大的。

技巧是为内容服务的，技巧永远都不仅仅是技巧。文学与影视作品的最大区别也是最大优势，就是会在写作中给读者留下丰富的想象空间，能让读者在阅读的同时用自己的理解和想象完成对人物和故事的最终塑造。小小说的含蓄美，是属于小小说的相对独特的艺术特征，它对于小小说的思想内涵也是一种最有说服力的诠释。还是以《拜年》为例，如果作者不厌其烦地讲述当年武安被女友抛弃的经过，或者把武安奋斗致富的过程详细交代给读者，使读者没有想象的余地，也就不会生发出更有意味的感慨。内容上的直白必然削弱主题的感染力，使之变成絮絮叨叨的呓语。所以，我们可以用“惜墨如金”来概括小小说的艺术性，而艺术功力的高下，恐怕就在于如何用点滴的“墨”，来化成灿烂的“金”。

在我国社会主义文学事业蓬勃发展的形势下，小小说的繁荣也正处于方兴未艾的态势之中。研究和探讨小小说的艺术发展规律，也是必然的事情。借评论崔楸立的小小说创作，也希望小小说这一独特而隽秀的文学样式，能够健康发展，涌现出更多更好的作品。

醇厚轻盈沉香醉

读农秀红的诗集《岁月沉香》，却不时地问自己这样一个问题：人为什么要写诗？诗歌于我们来说，具有着什么样的意义？

诗歌在文学的百花园中，大概是最具抽象意味的体裁了。尽管形式不同、笔法有别，尽管也有所谓“先锋小说”、“实验文体”存在，小说、散文和报告文学，却都是直接以生活为描绘蓝本，用叙述、故事、人物和细节来抒发作者的情绪与感想、记录现实与历史的。只有诗歌，它需要诗人在情绪的支配下，在自己的脑海里经过一个丰富想象的过程，并在这个过程里融入情感与思考，化作富有韵律与哲理、隐喻与暗指的词句。诗歌的精练，诗歌的丰富，诗歌的思辨意味，可以说都有别于其他文学体裁。而写诗的人，诗歌的思维方式大概也就是他们的与众不同之处。用诗歌来抒发情感，来表达见解，来思想世界，来净化心灵，是诗人的特征，也是诗人的使命。

在印象中，秀红是名优秀的公安文化工作组织者，多年来和同伴们一起脚踏实地，把广西的公安文化工作做得风生水起，颇有成绩。但她留给我的干练、果断、爽快的印象，似乎与天生具备着空灵浪漫气质的诗歌不大搭界。而她偏偏在繁忙的工作之余创作出了这部优秀的诗集《岁月沉香》。我那个“人为什么要写诗”的问题，也就由此而生。或者可以更具体地说，秀红为什么要写诗？诗歌对于秀红意味着什么？

诗人总是敏感而细腻的。我们完全可以从诗人自己的话语中寻找答案：

种太阳/种的是光亮/种上火，种上希望/种出一棵太阳树/种出无数棵小太阳/种出太阳种子/送给黑暗/送达内心祝福的远方……（《种太阳》）。把诗歌当手臂高高举起/在心灵上空飞翔一次，又一次/那些生命诗句，如珠玉/草时光一般青葱翠绿/隔着亮，点缀浅色美丽……（《把诗歌当手臂》）。

把诗歌当手臂。秀红自己已经清晰地回答了我的问题。而如此奇特的比喻，使我们得以窥见身着警服的秀红内心中柔软而充满趣味的一面。我们不妨沿着她的思路去思想，我们可以用诗歌的手臂去探寻世界的奥秘，我们可以用诗歌的手臂去捕捉心灵的感动，我们甚至可以用诗歌的手臂去种太阳，去摘星星，或者还如秀红自己所说：用诗歌拉远一片视野。

的确，当我们的视野被诗歌拉远的时候，工作的繁忙、世俗的搅扰、柴米油盐的琐碎，都会化为过眼烟云，甚至，会以另外的一种全新形态，出现在我们的视线之中。这是一种文学的辩证关系，萃取生活→深入思考→进入写作→以作品影响或指导生活，不仅仅是诗歌，任何文学体裁都是如此，而诗歌的这一过程更具哲理化和思辨意识。

因此，诗歌到底和生活是密不可分的。用诗歌作为自己的精神营养，是身为人民警察、身为公安文化干部的秀红必然的选择。火热的斗争实践，英勇的一线战友，跌宕起伏的精彩故事，都会触动秀红的诗情，化作她笔下火热的诗句：没有掌声喝彩，没有高薪厚禄/匀不出假日陪伴，愧对家人父母/只有割舍不下的一身警服/作为意义和祝福的全部/照耀四季，承载征途（《致敬警察生活》）。

古人有云：诗言志。也许这句只有三个字的精练之语，是对诗歌意义所在的最好诠释。秀红的工作，使她得以接触大量的公安英雄业绩，也得以洞察世间多少人情冷暖。警察的责任意识，女性的细密心思，敏捷的文学思维，使秀红警察的一面多了柔美色彩，也使她诗人的一面多了人文情怀。仿佛历经千年风雨的沉香木，在醇厚中闪动着轻盈的光芒。

秀红的诗歌语言是流畅而富有理性的，节奏的跳跃感，突出了她的童趣和她的乐观，以及她充满阳光的追求。而且，有着非常明显的女性化特点。作为南宁“绿城玫瑰作家群”的成员之一，秀红近年来在繁忙的工作之余，努力探索诗歌创作，终于有所成就，确立了自己的诗歌创作风格，也完成了自己在优秀公安文化工作者和优秀诗人之间的自如转换。

从明天开始，做一个幸福的人/一生不长，我已经/静静走到生命田野的中央（《从明天开始做一个幸福的人》）。你感到自己很空/需要填满文字感情暖阳笑声/影子不小，变厚，一重重/总算有——/一个小小愿望抵达心胸（《浮云》）。她那玲珑剔透的诗句，已将她的所思所想坦白给了读者，仿佛一缕沉香的清新在世间飘浮。如此，就让我们与她一起歌唱吧：

好吧，相信祈祷/总有一条道留给重新起跑/等待或是急切需要/也许在远，也许在郊/让美继续沉淀，让骄傲继续歌谣（《绝唱》）！

英雄传奇里的平凡情愫

《我爱北京天安门》，一首妇孺皆知的儿童歌曲，被女作家胡金岚拿来用作自己长篇小说的名字。这既为作品涂抹上了鲜明而强烈的政治色彩，也在无形中框定了作品的范围。它的年代感、地域性，甚至人物特征、语言风格，都在这个很吸引人的书名中有所暗示。坦白地说，这也许会让读者有了先入为主的阅读限定。这种限定，说好也好，说坏也坏，多少会有一些如大片上映前遭遇剧透的懊恼感。

其实，这是一部可以让读者手不释卷的小说。警察出身的胡金岚在作品中成功地营造出紧张而不失诙谐的氛围，编织出曲折惊险而又蕴含深情的故事。以北京天安门附近一个派出所为舞台，以北京警察每年一度的国庆安保工作为背景，以几起陈年旧案为线索，四代人民警察轮番出场，演绎出长达数十年的忠诚之歌。这样的概括，当然不是宣传，而是一位曾在北京市公安机关工作过的作家对自己生活积累的真实提炼和真情反映。然而，这对于成熟读者来说，应该略感不够满足。手不释卷应该是对公安题材小说最起码的要求，也可以说是其浑然天成的特质。而手不释卷之后能否有新的感悟生发而出，有新的故事和人物留存在读者的记忆之中，才是考验公安题材小说作家功力的基本要求。如果就胡金岚的《我爱北京天安门》而言，这个话题可以具体到下面更直接的设问：

这仅仅是一部英雄传奇吗？

这也是我收到这部小说时的第一想法。在通读作品后，我感觉胡金岚很好地解答了这个问题，她在充满悬念的情节叙述之中，浓墨重彩地展现了两段荡气回肠的爱情故事。这两段爱情故事，让《我爱北京天安门》这部小说，在精神层面上有了更丰富的内涵，在诠释故事主题时有了更准确、更令人信服的例证，也让整个故事显现出人性最本质的光辉。

也许有人会问，爱情固然是文学永恒的主题，但已经被蹩脚作家们讲烂了的廉价爱情故事，还值得当下越发挑剔的读者们青睐吗？诚然，在许多文学作品中，爱情已经沦为低俗的调味品，传递的往往是暧昧而轻浮的符号。而“公安+爱情”的模式，会不会也是被许多人炒过的一盘冷饭？

我们必须承认，在成功的文学作品中，爱情永远不仅仅是爱情，它是观察社会的一面镜子，是展现人性的一个窗口。难能可贵的是，胡金岚的《我爱北京天安门》，偏偏在爱情故事的讲述中，突破了世俗传统的樊篱，在英雄传奇的主旋律中，恰如其分地添加了一段副旋律——一段和主旋律紧密配合、两相呼应、浑然天成的和弦。

我们可以先简单概括一下这两段故事。

20 岁的刘萍，在危机四伏的潜伏中爱上了她的直接领导高老师，他们一起经受了生与死的严峻考验。高老师没能和她一起迎来新中国的成立，消失在了茫茫人海之中。逐渐成长为公安刑侦专家的刘萍终身未嫁，信守着她和他的约定，最终等来的只是无名英雄的真实姓名。同样 20 岁的警校毕业生李颖丽，在实习时暗恋上师兄，却在对方义无反顾地投入禁毒卧底工作后失去了情感的落脚点，留下的只是心底永远的痛楚和他们一起哼唱过的旋律。两段爱情，更准确地说，是两段没有结果的暗恋，在这部英雄传奇中呈现出平凡而真实的纯洁情愫，在雄伟天安门的脚下铺陈开有质感的、有传承的、有公安特色的独特情感经历。

胡金岚笔下的爱情，其实是平凡的。刘萍和李颖丽，遇到爱情的时候都是情窦初开的年龄，她们的甜蜜，她们的慌乱，她们的欲言又止，都与普通的小儿女毫无二致。胡金岚很准确地捕捉到了她们的一颦一笑，并且用细节很好地表现了她们各自的性格特点，也展现了她们生活的不同年代的时代特征。然而，她们都因自己肩负的使命而不可能再以普通女人的身份面对感情，她们都将自己的爱情牺牲在职业要求之中。这样的平凡，便已经不再是平凡；这样的平凡，造就了英雄的传奇。我们可以看到，两段爱情故事，不仅仅和小说主线紧密相连，而且是推动整个故事向前发展的最主要的动力和缘由，是这部英雄传奇中最吸引人也最感动人的部分。

胡金岚擅长讲故事。这种擅长不仅仅是将一个故事讲得跌宕起伏就是成功，而是要善于在故事的骨架中填充丰满而鲜活的血肉，更善于展现出人物灵魂高度的价值。《我爱北京天安门》，故事线索清晰明确，故事构架错落有致，而游刃有余的人物塑造、精确鲜明的地域特色，更重要的是情感线的合理铺陈，除刘萍和李颖丽之外，也包括对洪涛父子和周春生等男民警的情感描写，都显示出胡金岚在公安题材小说创作中的别具一格和独特魄力。

公安题材小说创作的总体发展，已经从讲故事的层面提升到了剖析、检验、颂扬人性的层面。众多的公安作家已经塑造出许许多多鲜活而有个性的人物，基本完成了公安英雄形象向更真实、更生动、更感人的高度挺进的过程。但是，这个过程还是艰难的，文学创作之路永远没有尽头。胡金岚的《我爱北京天安门》，给了我们一个新的启示和一个新的范本，而英雄传奇里的平凡情愫，也许正是我们努力的一个方向。

背影

当虚伪成为文化

最近连续读了几部与周作人有关的书籍或论文。

当今对历史人物的评价，总体应该说趋于客观。周作人的文学成就，就得到了各方充分的肯定甚至褒扬。但他在 20 世纪三四十年代的政治作为，铸成了他的人生大错，被钉在了耻辱柱上，却是任何人也不能否认的。

中国文人有个毛病，就是虚伪。在一篇文章中，看到这样一个有趣的情节：出任日伪教育督办的周作人，每天严谨按时上班，但在他的苦雨斋里，却仍保持着文人气质，“拂着日本的团扇，缓缓地在说”，“北京的夏天真是太长了。北京之秋在一般说来，是美丽的，但是，初秋，中秋，晚秋，都不分似的，在短短的期间里，秋就跑掉了”。文章作者在这里感叹道：今日的周作人，还仍是昔日的周作人。

掩卷之后，感慨多多，却只在心里跳出一个词：虚伪。

明明是做了婊子的，却要为自己立贞节牌坊。明明已经背叛了国家民族，却仍然摆出一种文人雅士的姿态。抗战胜利后，有记者采访狱中的周作人，问及是否还有文章没有编纂入文集，周干脆地回答没有了。记者故意问到他在日伪期间的文章讲稿，周作人回答说那是“应酬文章”，照例是不收的，还说自己是“演戏两年”，是“丑角的姿态”。话说得轻描淡写，透出一种故作镇静的做作。

《现代汉语词典》中对“虚伪”一词的解释，简洁得如同坊间百姓的俚语：不真实，不实在，做假。但细想想，也就是如此了，还能有什么说的？来自民间的语言往往准确得一针见血。虚伪常常源自内心的空虚和恐惧，明明自己病入膏肓，怕人知道，便要挺直腰板，涂上腮红，堆起笑靥，声称自己体壮如牛，是吃了菠菜的大力水手。虚伪还往往因为有所求，如大诗人李白，一生放浪形骸，傲视权贵，留下了“力士脱靴”、“贵妃捧砚”、“御手调羹”、“龙巾拭吐”等佳话。连杜甫对他都赞不绝口，用“天子呼来不上船，自称臣是酒中仙”的佳句，给李白画了一幅惟妙惟肖的肖像。但不可否认的是，李白心里始终是藏着一个仕途梦的，因此你能说他的狂放中没有点儿表演的成分？

如此说来，虚伪似乎也有些值得原谅的地方了。特别是文化人的虚伪，有时很能成就一段文坛趣话甚至佳话的。汪曾祺先生有篇短篇小说《金冬心》，堪称精品。写的是清朝名士、扬州大书法家金农的一段故事，可以说写尽了文人间的虚与委蛇，逢场作戏。精彩情节，这里就不复述了，看官自可找来一读。只是小说结尾处，金冬心先生一句“斯文走狗”的唾骂，感觉是有发人深省的力量。小说至此，精神升华，老作家的功夫，在不动声色中直抵人心，也戳到了中国文化的痛处。

文化人的虚伪也可以称之为文化的虚伪。而文化的虚伪一旦扩张成为虚伪的文化，那就要命了。因为从广义上讲，文化的渗透无孔不入，影响甚至左右着一个国家、一个民族的生存状态。别以为我是危言耸听，回想一下 20 世纪 50 年代的浮夸风泛滥，那种“喝令三山五岭让道，我来了”的狂热，其实就是虚伪的一种发酵。因为作假，所以吹嘘；因为吹嘘，进而忘乎所以。最可悲的是全民陷入疯狂，之后的“自然灾害”就成了必然。而用老天爷的把戏掩盖人的错误，则是用虚伪粉饰虚伪了。

中国共产党的基本原则之一就是实事求是。我窃以为，这便是直指中国传统文化中的弊端而言的。因为只有实事求是，我们才能戳穿众多的虚伪面具，在那些谄笑背后捕捉到真实的丑陋，在那些五颜六色的虚假里揪出某种狼子野心。要知道，虚伪总归是有目的的，在街头等红灯，冷不防就会有个拿着鸡毛掸子的人在你的车窗上虚晃两下，细看，无非是乞讨要饭。

因此，警惕虚伪，也是我们的课题了。如当年周作人的故作姿态，也是反面教材，让我们引以为戒的。当年知堂老人在为自己的堕落找理由时曾煞费苦心，一再在“大东亚主义”和清末中国知识界之间寻找历史渊源，甚至，翻出火烧圆明园的旧案，试图唤起中国人对英帝国主义的旧恨，转移对日本侵略者的新仇。历史和文化在这里成为虚伪的标志，却是欲盖弥彰的窘迫。用当时的评论说：西方列强的烧杀掠夺固然是事实，但并不意味着留在沦陷区的读书人甘愿做大日本帝国的“顺民”。周作人的虚伪，就此永远成了人们唾弃的标本。

然而更值得警惕的是，至今仍然常有人顾左右而言他，用周作人式的拙劣在史学界和文学界搅着浑水。我们不禁要问，你想干什么？

取其精华与去其糟粕

关于鲁迅先生的研究，现今已是一门学科。其中有个课题，曾经引起我的兴趣，那就是鲁迅先生对待中医的态度。有人说，鲁迅是痛恨中医的，说过中医只是有意或无意的骗子之类的狠话，据此可以证明鲁迅和中医势不两立。但翻鲁迅先生的《坟》，却见其中有这样的文字："大半是因为他们耽误了我的父亲的病的缘故罢，但怕也很挟带些切肤之痛的自己的私怨"。这显然是先生委婉的反驳了，亦在说明自己不是反对中医，只是因父亲的误诊而有了些"私怨"。

鲁迅先生那一代文人，都和新文化运动脱不开干系。先生的诸多头衔里，就有"新文化运动的旗手"一说。因此，那代人所倡导的新文化，和他们自幼耳濡目染的旧文化，在塑造这些人思想的过程中的作用，以及他们的态度，一直是人们感兴趣的研究课题。由此说开来，我们可联想到对于中华传统文化的继承和扬弃。关于这个问题，一直有一个应该说叫得很响亮的口号，即取其精华去其糟粕。但我个人认为，这其实是一个我们始终没有处理好的，至今仍然在痛苦纠结的问题。

说到原因，首先当然是因为感情所系，难免就有取舍上的犹豫和偏差。如鲁迅先生，因父亲的去世而痛，又因这痛而有了“私怨”，进而对中医说了些有失公允的言辞。其次是盲从，旗手说的话，不管轻重对错都不容分析置喙，结论就成了鲁迅先生对中医恨之入骨。最后是夸张，中国人喜用惊世骇俗之语，而中文词汇偏偏又丰富多彩，几个成语一叠加，准确不准确，也遂成盖棺定论。本应严肃地做学问，却成了神怪小说而写入历史。鲁迅先生对中华传统的态度，也就从此被揉搓得模糊不清了。

更无奈处，中华传统文化本就高深莫测，良莠不齐，复杂得很。如大家津津乐道的中庸之说，便如现代科学里的模糊理论，左右摇摆着，功焉过焉，说也说不清。有时是机动灵活的战略战术，有时是圆滑狡诈的处世哲学。可以说叫不偏不倚，也可以说是投降主义。所以，情感也罢，盲从也罢，夸张也罢，中国人的文化性格似乎就这样定了形，成就了一种包容性与灵活性的高度统一。中国人的心灵其实是最自由的，老北京人有一句俗语形容这种自由，叫“随弯就弯”。

取其精华去其糟粕就变得非常艰难，成为事实上似乎永远无解的一道难题。我们有过许多极端的例子，如“文化大革命”中的批判《水浒》，批判孔孟，批判安东尼奥尼的《中国》……永远处于摇摆之中的中国人，一旦在某种狂热驱动下摆动过火，就会把精华与糟粕一勺烩，来个玉石俱焚。这里说到《中国》，是因为这个事件更具讽刺意味，一个本是局外人的外国导演试图了解中国，并热情地用深入中国人的视角来看中国，却让中国人给臭批了一顿。据说导演为此始终耿耿于怀。其实也有相反的例子，看看今日的文化界，多少中国传统文化中的糟粕又被奉若神明了，许多钉死在耻辱柱上的历史人物也拿出来翻案了。前几天在微信朋友圈里读到一篇文章，就是为汉奸汪精卫说好话的。也正是因为这篇文章，让我警觉起来，想精华与糟粕的问题还是要努力解决的。特别是在中华民族伟大复兴的中国梦一步步变为现实的今天，我们摆在全世界面前的是一种什么样的文化形态，是一个极其严肃的课题。

中华文化可以也应该丰富多彩，但我们今天谈到这个话题不应再感情用事，更不能盲从、夸张和娱乐。我们的心要自由，我们的原则和信仰却不能动摇。最近也读了一篇青年学者研究鲁迅先生的文章，从鲁迅先生作品中常常用到的“积习”一词入手，以管窥豹，详细分析了处于社会变革中的鲁迅先生对于新旧文化交替、碰撞的观点和态度，为曾经被人认为连中医和京剧都憎恨的鲁迅先生，重新描绘了一种在继承和发展传统文化中保持了自觉的清醒者形象。这种研究态度，我认为是好的。

“积习”，《现代汉语词典》解译为：长期形成的习惯（多指不良的）。在鲁迅先生文中，这个词多指自己创作上的旧习，特别是在新兴的白话文中掺杂的旧体文字。其实，这是先生对此的深入思考了。从青年学者的研究文章中可以看出，鲁迅先生确实不愧为新文化运动的旗手，他时刻注意着文字中新与旧的更迭和变化，努力用旧文化为新文化铺路。让我用他在《写在〈坟〉后面》中的一段话结束此文，并向先生致敬吧：“不幸我的古文与白话合成的杂集，又恰在此时出版了，也许又要给读者若干毒害。只是在自己，却还不能毅然决然将它毁灭，还想借此暂时看看逝去的生活的余痕……待再经若干岁月，又当化为烟埃，并纪念也从人间消去，而我的事也就完毕了。”

这才是取其精华，去其糟粕。

从《毕卓盗酒》到“国之坚盾清风来”

著名国画大师齐白石，人物、花鸟、山水无一不精，是中国画派巅峰级的人物，也是一位性格鲜明有趣的老人。近日读到一篇介绍他老人家逸事的文章，其中提到，老人有一个常画的题材，曰《毕卓盗酒》，有多幅同题作品存世。而且，在每幅作品上，白石老人都要题写这样几句话：“宰相归田，囊底无钱，宁肯为盗，不肯伤廉。”

由于感兴趣，便查了一下故事的缘由，如下：毕卓，字茂世，晋代名士，生性旷达，好饮，曾任官吏部郎。因醉夜至瓮下盗饮，被拿，翌日方知被捕者乃毕氏。从这短短的文字看出来，这只不过是一位好酒贪杯放浪形骸的主儿。但白石老人的画作显然是深化了这个主题。老人出身寒苦，一生坎坷，应该是对为官清廉有着一种美好的期冀。在他的笔下，毕卓成了一个“宁肯为盗，不肯伤廉”的清官。

对清官的期盼和歌颂，是中国传统文化里一个永恒的主题。早在东汉时期，就有了“羊续悬鱼”的故事。说的是太守羊续，为拒绝贿赂，将别人送来的鱼悬挂在廊下，以为警示。

宋朝的包拯，更是清官的完美形象，历朝历代都是文艺作品的当然主角。包拯有个抛砚的传说，虽远不如《铡美案》、《探阴山》出名，但却是他清正廉洁的典型事例。说是包拯在著名的端砚产地为官，喜爱端砚却从不染指。卸任还乡时，船过江面，突然狂风大作，巨浪滔天。包拯心惊，查遍全船，发现是家奴包兴私自收受了一方端砚。于是，包拯将此砚抛进大江，随即浪静风平。老天爷为包大人保留了清廉的美誉，也为书法家们留下了一个至今常常书写的条幅："不持一砚"。

习近平总书记在很多场合多次提到继承传统文化的重要性，廉政文化应该是题中必有之义，也确实是值得我们深思的事情。

廉政，是百姓对官员的一个基本要求和希望。清官，也由此成为文艺作品歌颂的对象。赞美是因为受益，在中国封建社会中，一个清正廉洁的好官，必然给他主政的那一方水土带来好处，带来发展的机遇和人民的福祉。而做一个这样的好官，也成为许多有良心的官员对自己的要求。曾参观著名的河南内乡县衙，清朝五品知县张炳焘题写的楹联"治菊潭一柱擎天头势重，爱郦民十年踏地脚跟牢"，就鲜明地表达了这位官员的一种决心。

但是，在中国历史上，贪官绝不比清官少，甚至贪官那种无耻、下作、卑鄙和贪婪，在我们的文化遗传中更显得活灵活现。那个"和珅打倒，嘉庆吃饱"的主角和珅，至今仍是影视作品里常常出现的小丑人物。这无疑是用文化的形式给后人留下的警示。内乡县衙还有一幅著名的楹联，习总书记曾专门给参观者介绍过：“吃百姓之饭，穿百姓之衣，莫道百姓可欺，自己也是百姓；得一官不荣，失一官不辱，勿说一官无用，地方全靠一官”，则明明白白地是在警告众多为官者要严格自律了。

这副楹联，寓意深刻，流传甚广。但我以为，其中“地方全靠一官”一句，在法治体系、管理制度日趋健全的现代社会里，似有片面之感。文化是要不断进步的，传统文化留给我们的精华，我们也应在继承的基础上创新发展。今天的反腐运动，在党中央的高度重视下，响亮地喊出了加强法治建设，“把权力关进制度的笼子里”的口号，因此，任何地方也不能“全靠一官”，而是要有千万双眼睛监督着官员的一举一动。我理解，习总书记语重心长地给人们讲解那幅楹联，是在文化自觉的高度上，为大家再敲警钟。

文化，就是这样和廉政紧密相连。文化在廉政教育中的作用绝不可低估。在完善制度、扎紧篱笆的同时，春风化雨、润物无声，更是一种爱护和保护。公安部纪委曾经举办过廉政文化主题晚会，主题为“国之坚盾清风来”，其中“清风”一词，可为廉政文化的标志，在中国传统的清廉文化中，续写更新更美的篇章。

从萧红想到黑土地

也许是巧合，最近连续接触到许多有关女作家萧红的资讯。先是看了许鞍华导演的电影《黄金时代》，接着又有幸拜读了著名教授叶君先生的《从异乡到异乡——萧红传》。前几天，到黑龙江绥化市参加活动，蒙主人盛情邀请，又参观了萧红纪念馆和萧红故居。不同的艺术感受，重叠的人物景象，萧红终于栩栩如生地在我面前站立了起来。

《黄金时代》展现更多的是编剧、导演心中的萧红，选择汤唯来饰演出身东北黑土地的女作家，多少有些偏于柔弱。传记当然是最公允的，叶教授的细致和精准，实在令读者叹服。故居给我的则是自由的想象，走在绿树成荫的院落里，恍然间仿佛童年的萧红从身边跑过，留下了一串无拘无束的笑声回响着。

最近我常常思考关于地域文化对作家影响的问题。说起来有意思，起源也是在那片黑土地上，从探讨“黑龙江公安作家群”的艺术成就说起。我们的祖国地大物博，文化形态丰富多彩，而特定的地域文化，往往既有中华大文化的鲜明特征，也有着特定风土人情造就的地域特点。在黑龙江这块广袤的土地上，移民文化、异域文化、抗联文化、知青文化……在冰和雪的严酷塑造下，融会成了一种以豪爽、刚烈、正直、天不怕地不怕为特征的独特性格，进而形成了有别于其他地域的文化特征。如“黑龙江公安作家群”，作品大多气势恢宏，文字风格大刀阔斧，展示出的公安民警形象爱憎分明、勇猛刚烈。他们所描写的黑龙江公安斗争生活，也多是波澜壮阔、起伏跌宕，给读者以强烈的冲击感。想想我们所认识的萧红和她身边的东北籍作家，无不也是如此的性格鲜明、粗砺豪放。萧红自己，虽是女流，却始终勇于面对自己的生活，逃婚、恋爱、迁徙、抗争……在那个风云变幻的年代里，谱写着属于自己的挽歌，以 31 岁的短暂为自己的生命画上了句号，也在中国文学史上留下了深深的印痕。

换一个角度讲，萧红的悲剧从某种意义上说也源于她的性格和她身边的那些东北人的性格，而这更为文学意义上的萧红增添了色彩。

回到当今公安作家群的讨论之中。我以为，公安文学的发展，汲取地域文化的营养是题中必有之义。黑龙江公安作家的豪迈，河北公安作家的朴实，湖北公安作家笔下的水汽氤氲，山东公安作家展现的风骨峻峭，都是地域文化赋予公安文化的营养和积淀。有个很有趣的例子，一位著名编辑家曾拿一部黑龙江公安作家的著作勉励一位北京的公安作家说：你的作品就应该像人家这么写。北京公安作家瞠目结舌，私下和我诉苦说：咱北京就没见过这样的案子啊。我也不禁哑然失笑，暗想那位编辑家其实犯了一个重要的错误，他以偏概全地忽略了地域之间的差异。而中华文化恰恰丰富多彩，就连刑事案件的发生也带着地域的某种特殊性，也会折射出地域文化的某种独特，真是不能一概而论的。

在中国，忽略这种地域的特殊性，往往会在判断事物上有所失误，会闹笑话。穿长衫的孔乙己，饮黄酒吃茴香豆，当然和威虎山上的百鸡宴风马牛不相及，和侦察英雄杨子荣坐不到一个桌子上。这种文化的缤纷，当然也是一种文化特色，是中华文化生生不息蓬勃发展的源泉。

余生恨晚，没有经历过萧红的年代，但有幸在“文化大革命”后的20世纪70年代末，和萧红生命中的重要人物萧军老先生，在一次文学会议上相识，并且聆听了他老人家的讲话。萧老此时已是古稀，但仍然精神矍铄，虎虎生威，说出话来也还是声若洪钟的。现在回想，如此的壮汉，和萧红那样的女子，碰撞出艺术和爱情的火花也是一种必然，而彼此的伤害恐怕也是天意了。如果对比江南一隅的张爱玲和胡兰成，火的灼痛和水的冷彻心扉，在中国文学的书页上，留下的是各自的光彩和各自的回味。

胡适和周作人的关系

最近读了一篇文化史料，是论述胡适与周作人的关系的，读来觉得很有意味。

文化人似乎历来喜欢扎堆，喜欢拉帮结派。这一点古今中外概莫能外。最著名的大概是王羲之的那次兰亭雅集。曲水流觞之畔，聚集了四十一位文化精英，“群贤毕至，少长咸集”，在“天朗气清，惠风和畅”的好天气里开怀畅饮，留下了千古名篇《兰亭集序》，至今号称“天下第一书法”。而20世纪50年代兴起的法国电影新浪潮运动，也是由一批围绕在电影刊物《电影手册》周围的年轻气盛的导演、影评家发起的，最终竟形成了影响世界的电影大变革。我们总唱“团结就是力量”，看来文化人深谙其中之奥妙。

周作人也是个喜欢扎堆的人。他的苦雨斋里总是高朋满座、胜友如云，其中不乏当时享有盛名的学者、作家、文化名人。时间长了，也隐隐形成了一个松散的文化流派，曾有学者专门著书，分析过苦雨斋里的恩恩怨怨。我读的这篇文章则告诉我，胡适也曾是苦雨斋的客人，但我感觉，胡和周的关系，却总是若即若离。

其实胡和周是有相同之处的。“五四”以来，他们均雄踞文坛，各具影响，而且二人曾协力从事思想启蒙和新文学创作，似乎应该属“一个战壕的战友”之类。事实上，据文章介绍，他们也确实交往数十年之久，“既曾契默合作，亦尝公开辩难”，但有意思的是，他们“私交则由浅渐深，以至相互敞露心扉，坦诚劝勉，却又始终难以成为至友”，遂成一种“淡而有味的君子之交”。

“君子之交淡如水”，是中国传统文人的一种追求，甚至是一种品格的象征，但要想做到，事实上却也很难。胡适和周作人的“君子之交”，恐怕更多是因为他们其实在性格、志向和做人原则上都还是有差别的，尽管这差别微小，而且双方在交往中都竭力掩饰着，但终不能使二人成为莫逆。

在“五四”时期，胡、周二人曾经发生过一次争论，据史料介绍，争论的核心是“改造社会与改造个人，何者为先”。文章作者分析说，胡、周的分歧“颇为本质地显现出各自的处世取向，这未尝不是二人日后一积极入世、一孤坐苦雨斋的内在缘由”。

这样的分析，我是不大赞成的。胡适固然一生积极社会活动，以至于曾经有人认为他的学识不足，不是做学问的料子。而周作人却也不是始终都“孤坐苦雨斋”的，在合适的时候他也入世，而且是一头扎进侵略者的怀抱，自毁前程。说到底，二者还是在更深的思想层面上，有着本质的差距。

在中国知识分子的思维里，入世与出世始终是一个纠缠不清的话题，也是他们心中永远的痛。从政治上分析，当然大是大非泾渭分明，但从更隐秘的内心世界和情感去探寻，文化人自有文化人的某些行为准则。中华文化博大精深，底蕴深厚，许多事情不是简单几句话即可说清的。如同胡适与周作人的关系，既有观点不同造成的激辩，甚至冷淡了往来，也有惺惺相惜的彼此欣赏，相互提携。1938 年 8 月，胡适从伦敦寄诗给在北平的周作人，劝其“飘然南行”，话里的意思当然很明白，感情色彩也展露无遗。但周作人却回诗表示决意“苦住”。表面看，仍是入世与出世的思想差异，实际上却不是那么回事。我不相信在日寇入侵风雨飘摇的关键时刻，学富五车的周作人看不清形势。

最有意思的是，1949 年新中国成立前夕，周作人被保释出狱到上海，而胡适正在沪忙于政务。胡几次邀周，“周均辞谢”，还拒绝了胡适邀请他赴台湾的请求。文章作者在这里披露了一个“小道消息”：周作人此时正热衷张扬其早年和毛泽东的交往。此事我没有查到更多资料佐证，但仅就周作人的一贯为人看，我是相信的。

周作人的出世，类似当年姜子牙的稳坐钓鱼台，却比姜尚更多了投机，暴露的其实是入世的贪婪渴望。

《今生今世》的唏嘘

当年做了汉奸的知名文化人，为人们熟知的大概是两位，周作人与胡兰成。

和周作人一样，胡兰成的文学成就，已经得到相当公允的承认。台湾著名散文家余光中评价他的《今生今世》说：“文笔清灵圆润，用字遣词别具韵味，形容词下得尤为脱俗”，说他“于中国文字，锻炼极见功夫”。但是，和周作人不太一样的是，使胡兰成出名的，似乎不是他当汉奸，也不是他的优美文字，而是他和张爱玲那剪不断理还乱的情感纠葛，和他唐璜式的风流。有人批评胡兰成：“情虽不伪，却也不专”，说他要的是“此时语笑得人意，此时歌舞动人情”，“到底只是个朝秦暮楚的荡子”。

胡兰成在《今生今世》中，对自己的风流却也不回避，甚至字里行间颇有几分得意。说到张爱玲，他强调的是：“我已有妻室，她并不在意。再或我有许多女友，乃至挟妓游玩，她亦不会吃醋。她倒是愿意世上的女子都喜欢我。”如此说法，倒也坦承，只是心高气傲的张爱玲是否真的不吃醋，恐怕不如胡兰成所说。张给胡的那封绝交信，诸多书籍都引用过，大多数人耳熟能详："我已经不喜欢你了。你是早已不喜欢我的了。这次的决心，我是经过一年半的长时间考虑的，彼此惟以小吉故，不欲增加你的困难。你不要来寻我，即或写信来，我亦是不看的了。"张爱玲那颗伤痕累累的心，胡兰成却是看得很轻。他说："当下我看完了这信，竟亦不惊悔。"

中国文人，或者更宽泛些说，中国名人，似乎有着出名即风流的文化传统。像胡兰成这样的斯文作态，已经是较高层次的放纵，荡子披着才子的外衣，遮掩了不少难以示人的丑陋。而至当今社会，这丑陋已然是赤裸裸的，文化、政治、经济、演艺……各界的诸多名人都纷纷上演了一幕幕堕落的剧目。从嫖娼到吸毒，从腐败到犯罪，中国文化中腐朽的一面被他们发挥到了淋漓尽致的程度。

文化从来都有优劣的两面，就像是人，也有两面。胡兰成的风流成性，和他在文字上的功力，似乎就是他这个人的两面。但两面中必有为主的一面，些许瑕疵，也许无碍大体，甚至可成就佳话。但原则问题，则不可疏忽的。胡兰成的朝秦暮楚，也许是他最终在政治上附逆的重要品格因素，表现出的都是一种以自私为核心的翻云覆雨。

当代的那些所谓名人更是如此。他们的如蝇逐臭，说到底就是为满足其贪婪的私欲。而为了这种肮脏的欲望，他们能自觉放弃道德底线，自觉抛弃理想信念，自甘堕落，自毁前程。有许多腐败分子到了法庭上表现得悔恨不已，痛哭流涕，说是悔不当初，等等。这样的例证，举不胜举，留给我们的，除了笑柄，也有许多感慨。转头再读胡兰成的《今生今世》，此人的许多唏嘘，倒也让人动容，但其内心深处的苦涩，也许只有他自己品尝到了。

说到中华文化的另一面，当然是主流的一面，是需要当今我们大力提倡的正能量和主流价值观。“富贵不能淫，威武不能屈”，是这一面的最好诠释。而在这一方面的诸多事例，口口相传，遂成名垂千古的典范。从苏武牧羊，到包公掷砚；从海瑞罢官，到人人敬仰的周恩来总理。中华民族的道德规范，中华文化的世代传承，应是我们今天抵御腐朽文化侵袭的重要思想武器。

毁誉参半的胡兰成、周作人之流，于今天更多的应是反面教材，在肯定他们的文学成就的同时，我们不能忘记他们在历史上留下的污点。因为这污点，不仅仅属于他们自己，也是在一个国家一个民族进步中的警示。说到此，却突然想起一个在翻阅民国历史时看到的相反例子：同样是毁誉参半的军阀段祺瑞，在当政时曾留下“六不总理”之称，即不贪污肥己、不卖官鬻爵、不抽大烟、不酗酒、不嫖娼、不赌钱。这样的例证，于我们今天，也是有益的。

老舍先生的文学地图

《老舍的文学地图》，是一本研究老舍先生创作的书籍，是几位研究老舍创作的专家，在中国现代文学馆开办讲座时的讲稿合集。因为喜欢老舍先生，最近再次翻阅此书，颇有些感想。

文学地图，顾名思义，是指从作家生活的地域入手，来研究作家的生活积累、创作理念和文字风格。这样的研究对于老舍先生来说，是比较鲜明的。因为老舍先生是人们所公认的京味作家之翘楚，他的文学创作和他生活的城市北京，有着密不可分的关系。

老舍先生是旗人。旗人和我们现在所理解的满族还稍有差别。旗人是指在清朝被编入满洲八旗、蒙古八旗、汉军八旗这类兵民一体化组织中的人们的总称。最先建立的，当然是满洲八旗，后来才仿照满洲八旗的建制建立了蒙古八旗和汉军八旗。清军入主中原，八旗制度延续下来，在当时的北京还实行了旗、民分城居住的措施。原来住在内城的汉、回等民族被迁至外城，即后来的崇文、宣武一带，八旗兵和他们的家眷就占据了内城，即后来的东城、西城，并且严格地划分了区域。据专家们考证，老舍先生家属于正红旗，居住地在西直门内一带。而后来先生的创作背景，便也都集中在这一带。甚至他的长篇小说《四世同堂》，故事就直接发生在他住过的小羊圈胡同。生于斯长于斯的这片热土，给老舍先生提供了最丰厚、最鲜活的创作素材，使他日后塑造出了大量栩栩如生的人物形象，描绘出一幅生动的北京画卷。今天我们研究老舍，地域化写作是一个绕不开的话题。

当下有人认为，随着现代化进程的推进，交通与通信手段高度发达，人类生活的范围越来越大，地域的概念必然会越来越淡化。在文学创作中，国际化趋势越来越明显。事实上，在现代文学作品中，我们也确实看到很多作品的地域特征不再鲜明，而描写异地生活，甚至异域漂泊的作品越来越多。当然，在这种大流通的社会状态下，人的思想变化、生活变化和审美变化确实是文学的一种命题，但丰富多彩的地域特征带给文学的那种厚重的、有历史感和风情感的独特味道，仍然不应该被忽视。

特别是公安文学。

我以为，公安文学是最应该具有地域色彩的文学。这首先是由公安工作的地域性所决定的。“保一方平安”，是每一位基层公安机关领导和基层民警常挂在嘴边的一句话，这句话不仅道出了公安工作与地域区划密不可分的特点，也对公安文学创作的生活积累和提炼指出了一种方向性的目标。每一位公安民警都在他那一方热土上辛勤工作，每一位公安作家的生活也都离不开他战斗的那片土地，为什么我们不应该像老舍先生那样，扎扎实实地在这片土地上耕耘?

我并不反对公安作家在艺术上有所追求和探索，甚至不反对跨越地域、跨越时空的现代主义尝试。但若谈到恢复文学的本性，找回生活对文学的丰富赋予，注意在文学创作中对地域化的关注和追求，应该是公安文学更具生命力的体现。

当然，随着时代的进步和变化，地域性的种种特征也有着发展和变迁。老舍先生的北京话尽管纯正，而今天的北京人也已经不大熟稔。但学习老舍先生这种注重地域文化的创作态度，在地域文化上创新发展，是我们应该做到的。

最近读北京公安作家吕铮的新作《三叉戟》，感觉他在创造性地使用北京方言和北京典故上有新的突破，北京这座既现代又传统的大都市，在他的笔下显得生机勃勃。这样的尝试是可喜的。而准确把握文学的地域化，是老舍先生为我们做出的榜样，是我们展开老舍先生的文学地图时，应该有所感悟的。

报告文学的战斗性

著名女作家丁玲，当年在延安曾被毛泽东主席赞誉为“昨日文小姐，今日武将军”。想这文武之间的蜕变，当然由诸多思想与环境上的因素促成。在丁玲的文学创作上，由写小说转向写报告文学，恐怕也是标志之一，是变化的缘由，也是变化的结果。据统计，丁玲在延安，写了大量反映根据地军民生活的报告文学和新闻通讯，仅自 1942 年到 1945 年间，她发表的这类作品就达 12 篇之多。毛泽东主席曾致信祝贺她展现了“新的写作作风”。

由此可见，报告文学这种文体，在人们眼中是蕴含着“武”的意义的，用今天的话说，也就是具有战斗性。延安时期的丁玲并没有上战场，但她的报告文学创作，俨然是一位“武将军”手中的有力武器。毛泽东曾诗曰：“纤笔一支谁与似，三千毛瑟精兵。”

关于报告文学的定义，最简洁的说法是：“运用文学艺术形式，真实反映社会生活事件和人物活动的一种文学体裁，兼有文学性、新闻性和政论性三种特点。”报告文学的战斗性，当然来自于它的真实，来自它对于事件和人物真实的刻画和反映，进而展开的深刻思考和剖析，也就是其新闻性和政论性特点的体现。曾经选入中学教材的报告文学名篇、夏衍先生的《包身工》，是我们耳熟能详的作品。它对于当年上海资本家对包身工的残酷剥削压榨，进行了无情的揭露和批判，文中塑造的女工“芦柴棒”形象，也成为了中国文学史上的一个典型。很多读者是通过这篇作品，才认识了什么是阶级压迫的。丁玲的报告文学创作也是如此，她在延安深入生活，写战士，写农民，写共产党领导下的新生活、新气象，对于她自己来说，新的创作形式也使她有了一种新的认识境界，从“文小姐”到“武将军”，创作的转变首先是思想认识上的升华。

回顾新中国的报告文学创作，战斗性的特征非常明显。从20世纪五六十年代的《为了六十一个阶级兄弟》、《小丫扛大旗》、《县委书记的榜样——焦裕禄》，到“文化大革命”后直至当今的《哥德巴赫猜想》、《扬眉剑出鞘》、《马家军调查》、《落泪是金》、《“希望工程”纪实》、《国家》等，无不紧紧扣着时代的脉搏。报告文学恰如一柄解剖社会、解剖人生的手术刀，切开的是表层的现象，展现的是真实的内涵，或歌颂，或批判，或做深刻的剖析和思考。报告文学为我们展开着逼真的社会画卷。

公安题材报告文学始终是中国报告文学中重要的一支。远的不说，近年来的《“猎狐”行动》、《泣血长城》、《“清网”行动》，直至去年的《国之盾》，都是产生了良好社会影响的公安题材报告文学精品，都具备着我们前面所说的“文学性、新闻性和政论性”的突出特点。特别是以众多公安英烈事迹为人物主线、全景式讴歌公安战线英雄业绩的《国之盾》，读来令人热血沸腾、潸然泪下，确实是一部难得的优秀报告文学作品。作者蒋巍老师自称这是自己“流泪最多的一次写作”，说自己由这部书的创作过程而彻底改变了对人民警察的印象。此言确实不虚，我曾多次目睹他在谈到这部书时的哽咽。报告文学的魅力由此可见一斑。

《人民文学》自 2010 年起开设一个新栏目，名曰“非虚构”。查“非虚构”这个名词，乃舶来品，大概产生于 20 世纪中叶的美国。“非虚构”和报告文学是什么关系？文学界曾有争论。著名文学评论家雷达先生说：非虚构“与以‘重大事件’为中心的新闻式写作和以‘时代报告’重大题材为主的‘报告文学’之间的差异在于，发现、见证、记录那些被时代洪流所遮蔽的暗流涌动”。细细体味这段话，觉得所谓“非虚构”仍然不脱“文学性、新闻性和政论性”的特点，只是要向社会更深处探寻。近日李迪先生的《警官王快乐》作品研讨会在无锡举行，这部把笔触放到市井之中的作品，倒是有着“非虚构”的某些神采。在幽默、快乐的故事中，体裁的战斗性仍然闪动着一线灵光。

这个快乐的老头儿走了

想到他，就先想到猫。我曾经养猫，刚在微信上晒了图，他马上跳出来，要给介绍对象：“我这儿有只孟加拉，一身黑！俩大黄眼睛，漂亮！甭提多聪明了，会自己开门！六岁啦。”前边的话还挺诱惑，可六岁了，不行，我们的仔连一岁还不到呢，说是“女大三，抱金砖”，大媳妇的气恐怕受不了。于是，婉拒。

我知道，这种拒绝他不会生气的。他是个快乐的老头儿，真正从心底洋溢着快乐的老头儿。他在生活中快乐着，也在创作中快乐着。

快乐的老头儿叫李迪。可快乐的老头儿却被病魔打倒了。想想上天真的不公平，这么快乐的人，干吗叫他那么早回去呢？老天爷也闷了，想散散心？聊聊文学？或者……聊聊猫？

也真怪，听说他走了，我却依然先想到猫。

快乐的人养猫，善良的人养猫，快乐而善良的人养流浪猫。可像他这样养流浪猫的，我没见过。小院，牡丹花丛中盖了猫舍，冬天竟然装有暖气！喂猫食，每周改善伙食时有虾，有鸡胸。猫病了，送医院，管治。猫们在他这儿来去自由，当然，来得多，走得少，谁不贪恋这么舒适的生活呢？猫们因为有老头儿李迪而幸福，而李迪的生活，也因猫们的存在，而更快乐，有滋有味。

他养猫的小院，离我们的办公地很近。常常有几个搞文学的朋友在我们这儿小聚，我就会打电话："在家呢？来，聚聚。"按说，这不礼貌，俗话说"三日为请，两日为叫，当天是提溜"，但于他，没这么多说法。他喜欢与朋友间的交流，我们喜欢他那无拘无束的笑容。于是，他总是翩然而至，骑着他的老自行车，穿着那身标志性的红衣白裤。他在我们这儿，认识了许多的公安作家，很多后来成为挚友。大家尊敬长者，席间总是第一个给他敬酒。他不多喝，却总认认真真地举杯，他知道，人们为什么敬重他。而他，也因热爱而尊重每一名穿着警察制服的人。

从《傍晚敲门的女人》，到《丹东看守所的故事》，再到《英雄时代》，几十年写公安，他自己恍惚，我们也常疑虑：李迪是公安的人吧？李迪是公安作家吧？李迪和公安，维系着一种牢不可破的感情，像是公安事业的正直和坚毅，与他的乐观和善良，拧成了一道坚不可摧的钢缆。

一个人的快乐，当然并不仅仅是有猫就可以了，也不仅仅是酒桌上的欢歌笑语。人是丰富的，丰富在于有灵魂、有思想，由灵魂和思想而塑造出的快乐，才是真快乐。李迪是作家，是著名作家，他的灵魂和思想选择了公安题材作为他的立足点和腾飞处。而作家的灵魂和思想，似乎大多应该是沉重的，是悲天悯人的，而他不是，他始终快乐，他用他的快乐影响着他的读者，也改造着似乎天生悲壮的公安题材。即使是悲剧，在他的笔下，也会有泪中带笑的滋味，有带着咸味的希望。李迪于公安文学，不仅是一个重要作家，更是一个在公安文学发展进程中，在节点上不断有突出贡献的重要作家。《傍晚敲门的女人》，新时期中国侦探小说的开山之作。《丹东看守所的故事》，公安题材报告文学的结构、语言突破之作。《警官王快乐》，精短小说的创新之作……对，特别需要指出的，就是王快乐！一个快乐的名字，一个李迪笔下标志性的人物，一个融汇了李迪性格、李迪风采的和蔼可亲的老警察形象。李迪说："我写王快乐，哪儿淘来那么些故事？两个字：生活。生活是一口井。找到井，有水喝。"

找井的过程其实是艰苦的。在丹东看守所，春节和在押人员一起在监舍里度过，裹着薄被子听那些人的哭诉。在十八洞村，顶着阴冷的寒风每天走十公里山路，捕捉脱贫攻坚中的感人故事。他乐呵呵的，时刻不停地走在他的采访路上，从每一口找到的井里汲取着甘泉。

李迪的快乐，是上天赐予他的福分。他的一生，也多坎坷。19 岁去兵团，差点儿被打成"反革命"。20 岁在惊险中侥幸入伍，躲过一劫。当编辑，出国。居昆明，回北京。兜兜转转，百炼成钢，快乐却依然，善良也依然。他热心地在生活中打井淘水，也热心地为朋友们办各种事，包括给猫介绍对象。

他更热心于组织各种与文学有关的活动，采风，研讨，编辑出书，每每有事情，这老头儿一定是不辞劳苦地奔跑在一线，像个冲锋陷阵的老战士。组织中国作家代表团去贵州公安机关采访，他主动为大家订机票，挨个儿叮嘱时间、地点，比会务组还忙；采访归来，又一个个地追问稿子的完成情况。还有一回，他正在北方采访，南方有个省份的公安机关想请他去授课，他愣是把回北京取衣服的时间给利用了："我上午到北京，拿上衣服，下午就奔他们那儿！你告诉他们，课安排在第二天上午，我下午就可以直接飞啦，晚上不耽误采访！"担心他太劳累，他笑道："没事儿，我身体好。"

他确实身体好，60 多岁了，还能做 100 个俯卧撑，再来 100 个仰卧起坐。没事儿早晨起来，到公园跳广场舞。他觉得那群老头儿老太太都跳得很好，而自己却跳得太过僵硬，故而快乐地自嘲。但是，我知道，他这样的奔波，更是源于他对文学的热爱，对公安事业的热爱。

这么身体好的老头儿，这么热爱生活的老头儿，却没能战胜病魔。老天爷俯视凡间，挑挑拣拣，把这个快乐的老头儿给叫走了。也是，谁不喜欢被快乐感染、与快乐相伴呢？

李迪走了，微信中一片流泪的表情包。表情包其实是个好东西，人们有时用语言都难以表述清楚的情感，一个普通的圆脸几条简单的线条，却能用最直接的方式让人们理解。看着这一片的泪水，我想：李迪，我们的好兄长，恐怕你并不喜欢这样的送别吧？你是不是更希望我们笑着凝望你的背影呢？

两本你的新作，《永和人家的故事》和《十八洞村的十八个故事》，带着浓重的墨香，放到了沉睡着的你的身边。我读过其中的片段，我知道你的语言仍然洋溢着快乐。这种快乐来自对脱贫攻坚事业的信心，来自对伟大祖国的热爱，也来自一生奋斗的荣耀和欣喜。

这个被上天赐予了快乐福分的老头儿，走了。他快乐的脚步声，却仍然在我们耳边久久回响，留下的，是一种快乐的、坚强的精神。

跋

《补窗集》题解

2015年下半年，《人民公安报》副刊部策划在《剑兰》周刊开设一个文化漫谈栏目，请我帮助组织稿件。于我来说，这当然是责无旁贷的事情，因为关于文化，特别是公安文化，感觉确实有许多话可说，该说。而且，感觉这样的栏目也应该会有需求，会有读者欢迎。但事情办起来了，发现却并不那么简单。总之，随着时间慢慢推移，我从不时地帮这个栏目补补台，赶篇小稿应景，变成了逞一己之勇，不得不以每周一篇的速度坚持写了下来。

我有自知之明，这样的结果并不是因为我的文字有多好。而那些德高望重的文化大家，才真正是该为公安文化指点迷津的师长。只可惜他们工作繁忙，对有着特殊性的公安文化往往来不及更准确、更深入地了解，落笔之时慢慢就有了无从说起的感觉。倒是我这个一直跻身在公安系统的写作者，虽才疏学浅，但往往会有些切身感受，说轻说重大家便也都能理解并谅解。于是乎，小马拉大车，磕磕绊绊的就这样一路走下来了。

这便积攒下了近百篇小稿子。围绕着文化这个话题，东拉西扯，零敲碎打，想到什么说什么，看到什么写什么。有学习的收获体会，也有对事物的观感。有时抒发一下思古之幽情，有时也会有针砭时弊的一点儿怒气。写来写去，倒是感觉越来越放松了。而且，自己从中也寻找到了学习和思考的一种乐趣，养成了一种习惯。人总是需要进步的，这种感悟式的小文，这种有时间要求的写作，对一个从事文化工作的人来说，其实是大有裨益的。

报界素有"开天窗"之说，据说源自辛亥，朝廷强令封锁武昌起义的消息，报馆即以空白版面抗议。时至今日，"开天窗"的缘由多为稿件质量或时间问题，任何一位负责任的编辑也不会允许的。于是，便会有备用的稿子，填补空白之用。我自认为我的这些小稿颇有为报纸补白的功能，故将这本小册子命名为《补窗集》。

为此，感谢《人民公安报》副刊部的丁晓璐主任，王梅副主任和武忞、席文及后来调到新岗位的蔡小玲编辑，是她们给了我支持和鼓励，让我一直写了下来。感谢中国人民公安出版社文艺分社的易孟林社长和编辑张倩，为我精心编辑了这本小书。更要感谢所有关心和爱护我的各级领导、师长、战友和同志们。如果说我的这些文字对公安文化建设事业还算不得废话，还会有一点儿微言回响，都是你们鼓励支持的结果。

最后，感谢伟大的时代和伟大的事业。